KB182856

영원에 빚을 져서

예소연

영원에 빚을 져서

예소연

소설

PIN

054

차례

PIN

054

영원에 빚을 져서

예소연

1. 연루

예기치 못한 일이 생길 때마다 항상 돌아오지 못할 길로 들어서고야 마는 것은 나의 정해진 패턴이었다. 물론 후회하는 것도 늘 내 몫이었고. 바로 지금처럼. 혜란에게 전화가 온 것은 새벽녘이었다. 그때까지도 여전히 잠들지 못하고 있었지만, 일부러 못 들은 척 얼굴을 이불에 파묻어버렸다. 하지만 진동은 끊길 줄을 몰랐고 나는 그것이 무척 지겹다고 생각했다. 그즈음 모든 것이 그랬다. 시도 때도 없이 연락이 오는 할머니와 친구들, 직장 동료들. 안부를 물어오는 다정한 모든 마음이 지겨웠다. 괜찮으냐고 물어보는 사려 깊은 한

마디에 터져 나오는 울음을 삼켜가며 대답해야 하는 상황 자체를 피하고 싶었다. 요 며칠 사이 눈가가 헐고 입술이 메말랐다. 상을 치른 지 이제 3일째가 되었다. 이틀은 죽은 듯, 아니 기절한 듯 잠만 잤고 너무 많이 잤는지 더 이상 잠이 오지 않았다. 이제 '죽은 듯이'라는 말을 사용하지 않기로 했다. 그것은 너무나 몹쓸 말이다. 이제는 함부로 죽음을 운운하지 않을 것이다. 절대로. 나는 베개를 울리는 진동을 견디다 못해 결국 전화를 받았다.

"란아."

"동이야."

"난 괜찮아."

"석이가 실종됐대."

당연히 내 안부를 물을 줄 알았던 혜란에게서 의외의 말이 튀어나왔다. 석이와 실종이라는 단어 사이의 간극은 멀고도 먼 것이었으므로 한참이나 혜란의 말을 곱씹어야 했다. 석이같이 건실한 사람이 그럴 리 없다. 석이같이 보편적인 행운을 단단히 쥐고 있는 이가 그럴 리 없다. 나는 그런 생각이 들어 이렇게 말했다.

"그럴 리가……."

전혀 실속 없는 말. 하지만 혜란은 나를 타박할 생각도 하지 못하고 급하게 사정을 늘어놓기 시작했다.

"석이가 캄보디아에 갔는데…… 출국 열흘 차부터…… 지금 뉴스에……."

나는 일단 상황을 파악해야 할 것 같아 혜란에게 잠시 전화를 끊으라고 했다. 그리고 베란다로 나가 담배를 피웠다. 나는 이 상황에서도 꼭 담배를 피워 마음을 진정하고자 하는 나의 의지가 마음에 들지 않았다. 한 손에는 담배를 들고 다른 한 손으로 웹사이트에 캄보디아, 실종, 여성을 검색했다. 그러자 올라온 지 얼마 되지 않은 기사들이 여러 개 떴다. 그러니까 석이가 캄보디아로 홀로 여행을 떠난 뒤 연락이 되지 않아 가족이 실종 신고를 했고 당국이 조사에 착수했다는 뉴스였다. 휴대폰에 기록된 마지막 위치는 프놈펜 국제공항이라고 했다. 어떤 기사에는 마약 관련 정황도 배제하지 않을 것, 이라는 문장도 있었다. 나는 헛웃음을 흘렸다. 웃기지도 않다. 석이가 어떤 앤데 마약이라니.

석이는 내 엄마의 장례식에조차 오지 않았다. 그만큼 우리 사이는 틀어진 지 오래다. 그렇다 하더라도, 석이에 대해 나쁜 말은 하고 싶지 않다. 그럴 만한 이유가 있었으니까. 아니, 이유라고 할 것도 없다. 9년이라는 시간 동안 우리는 많이 달라졌고 간신히 이어가던 관계를 그저 털어버린 것에 불과하다. 나는 석이가 장례식에 오지 않은 것과 실종은 별개의 문제라고 생각했다. 별개의 문제.

문제에도 층위가 있는 법이다. 어떤 사소한 문제는 나를 완전히 망가뜨릴 수도 있으며 어떤 대단한 문제는 나의 마음에 티끌 하나 묻히지 못할 수도 있는 것이다. 물론 석이와의 불화는 나를 완전히 망가뜨린 쪽에 속하지만, 그럼에도 석이가 실종됐다면, 그것도 캄보디아에서 실종됐다면, 나는 단연코 석이를 찾아내야 한다고 생각했다. 이것 역시 나를 망가뜨릴 수 있는 문제가 분명했다. 내 마음이 그렇게 말하고 있었다. 다시 혜란에게 전화를 걸었고 혜란도 금방 전화를 받았다.

"란아."

"어떡해?"

"찾아야지."

"석이를?"

"응, 석이를."

불가능할 것 같은 일에 매달리는 것. 출구 없는 불행에 몸을 던지고 보이지 않는 희망에 마음을 내맡기는 것. 그것이 내가 가장 잘하는 일이었다. 나는 엄마가 췌장암 말기 판정을 받고 5개월의 선고를 받은 후에도 어떻게든 엄마를 살리는 일에 골몰했으며 결국 엄마는 5년을 더 살다 죽었다. 한 번은 병실에서 엄마가 말똥말똥이라는 단어의 어원이 궁금하다고 묻기에 구글에 검색해보다가 정보가 시원찮아 국립국어원에 물어보았고, 그마저도 마땅한 대답을 해주지 않아 병실을 비우고 국회도서관에 가서 우리말대사전을 펼쳐 들었다. 결국 정확한 유래를 찾기 어렵다는 결론에 도달하자 어원을 거짓말로 지어내 엄마에게 정성을 다해 설명해주었었다. 사소한 것 하나라도 엄마의 마음을 놓치는 일 따위는 하고 싶지 않았다. 그래서 엄마의 죽음이 덜 슬플 줄 알았다. 그런데 그건 아니었다. 어쩜 나는 슬픔에 쉽게 매몰되는 사람일지 모른다는 생각이 들었다. 지금도 어쩐지 나라면, 혜란이라면 석이를 찾을 수 있다는 생각을 하고 있으니까.

*

　혜란과 석이는 대학교 해외 봉사 프로그램을 통해 처음 만난 친구였다. 4개월간 해외 봉사활동 경험을 하는 동시에 한 학기 동안의 평균 학점을 이수하게 해준다는 조건은 몹시 파격적이었다. 그러니까, 체류비까지 받고 4개월간 해외 봉사를 하면 한 학기 동안 학교에 다닌 걸로 인정을 해주겠다는 것이었다. 꽤 높은 경쟁률을 뚫고 한 팀이 된 이들이 바로 나와 혜란, 석이였다. 우리는 함께 프놈펜에 있는 바울학교에 파견될 예정이었고, 정확히 어떤 봉사를 할 것인지, 그곳에서 어떤 재능 기부를 할 것인지는 우리가 기획해야 했다. 그렇기에 우리는 프놈펜에 가기 두세 달 전부터 지속적인 만남을 가졌고 급속도로 가까워졌다. 혜란을 빼고 나와 석이는 이름이 외자였는데, 그래서 그런지 우리는 혜란의 이름까지 끝 글자를 따서 애칭처럼 부르기 시작했다.

나는 국어국문학을 전공했다는 이유로 바울학교에서 한국어를 가르치며 교재 만드는 작업을 수행하기로 했다. 영어 점수가 시원찮은데다가 이렇다 할 스펙도 없었는데 덜컥 붙어버린 건 아마도 교지편집위원회에서 교지를 만들어본 경험 때문이라고 생각했다. 나중에 듣기로 바울학교의 교장은 처음부터 한국어 교재를 제작해줄 봉사자를 구하고 있었다고 했다. 그때만 해도 나는 내 볼품없는 스펙이 몹시 신경 쓰였었다. 혜란과 석이가 나에 비해서 유독 명석하게 보인 탓도 컸다.

혜란과 석이는 둘 다 영어를 잘했다. 특히 석이는 국제고등학교에서 영어를 전공했고 토익 점수가 900점이 넘었다. 또 이건 다른 경우이지만, 입고 오는 옷마다 브랜드가 달랐고 대부분 매우 비싼 브랜드였다. 그즈음 나는 어떤 사람이 공부를 잘하는데 경제적 여유 또한 있어 보일 때, 이런 것들을 어떻게든 연결 지어 나의 삶을 비관하곤 했다. 어쨌든 석이는 우리와 함께 지하상가를 지날 때 가격표를 보지 않고 이런저런 액세서리를 틈틈이 구입했는데, 언젠가는 나와 혜란 것도 포함해 무려 5만 2천 원어치를 결제하고 나눠준 적도 있었다. 우리가 학교 근처 지하에 있는 말도 안 되게 저렴한 술집들을 들쑤시고 다닐 때마다 자신은 한번도 이런 곳에 온 적이 없다고도 했다.

"너 학과 모임 같은 거 안 해봤어?"

내가 그렇게 묻자 석이는 조용히 대답했다.

"나 사실 3년 동안 편입 준비만 했어."

석이가 없을 때 이와 관련해서 혜란이 나에게 슬며시 말한 적이 있었다.

"석이는 고등학교 때 크게 미끄러졌나봐."

"왜?"

"우리 학교, 국제고 출신이 올 만한 곳은 아니잖아."

"그렇긴 하지."

"그래도 자랑스럽지 않니?"

"뭐가?"

"석이랑 같은 학교 다니고 있는 거."

나는 혜란이 그런 말을 해서 퍽 속도 없는 애라고 생각했다. 하지만 나중에 곰곰 생각해보니 혜란은 내가 석이에게 나쁜 마음을 가질까봐 일부러 그렇게 이야기한 것 같았다. 솔직히 나는 석이가 편입의 고충에 대해 토로할 때 나의 현재 처지와 비교가 되어 조금은 미운 마음이 들었었다. 그런데 혜란의 말을 들은 뒤 잠시 고등학교 시절 석이의 불행에 대해 생각했고 그러자 실제로 마음이 조금 나아졌었다. 어쨌든 나는 늘 그런 식으로 살아온 사람이었고 그렇기 때문에 늘 사람을 좋게 보고자 하는 혜란의 존재가 몹시 소중했다. 혜란의 어머니는 지방 소도시에서 작은 약국을 하고 있다고 했다. 아버지의 얘기는 통 하지 않는 것으로 보아 함께 살지는 않는 것 같았다.

우리 셋 중에서 아르바이트를 해서 모든 생활비를 충당하는 사람은 나밖에 없었다. 그때 나는 대학교 입학 당시의 열정은 다 사라진 채 여전히 가난에서 벗어나지 못한 나의 부모를 저주하고 있었다. 청소년 시절에는 가난이라는 것이 획을 긋듯, 정확하게 드러나는 방식으로 모멸감을 주었지만, 대학 생활은 달랐다. 가난은 나를 어딘지 단단히 비뚤어진 사람으로 만들었고 그것은 술자리에서도, 학과 행사에서도, 어떤 자리에서도 티가 났다. 하지만 더욱 잔인한 것은 그렇게 티가 난다는 걸 나만 인지하고 있다는 사실이었다. 그 사실이 나를 더욱 괴롭게 했다. 그렇게 성인 이후의 가난은 숨 쉬듯 나의 성정에 부정적인 방식으로 영향을 줬다.

나는 내가 못난 줄은 알아서 혜란과 석이의 존재가 절실했다. 우리는 함께 술을 마시고, 처음 담배를 피웠고, 처음 한강에서 밤을 새웠으며, 처음 포차에 가서 헌팅을 했다. 나는 혜란, 석이와 함께 프놈펜에 가는 것이 몹시 기대됐고 그건 그 아이들도 마찬가지였다. 나는 지금까지도 종종 그 시절의 우리가 그립다.

저학년을 위한 한국어 학습 노래를 만들고, 캄보디아어로 된 문장, 예컨대 '혼나' '안 돼' '좋아해' 같은 말 따위를 가르치던 날들. 학생들이 케이팝을 좋아한다고 해서 열심히 케이팝 댄스를 따라 추던 나날들. 우리는 바울학교가 어떤 곳인지도 정확히 몰랐고 그곳에서 우리가 어떤 역할을 수행해야 하는지도 깊게 고민하지 않았다. 물론 혜란의 종교는 기독교였고 나중에 프놈펜에 도착해서 자그마한 목소리로 이번 해외 봉사를 오는 데 선교의 목적도 있었다고 말하기는 했다. 딱 그 정도였다. 그런데 막상 바울학교에서 지내는 네 달 동안은 혜란이 아닌 석이가 바울교회의 열성적인 신도가 됐다.

*

실종 신고가 이루어진 날로부터 일주일이 지났다. 석이의 사건과 관련된 기사를 샅샅이 찾아보다가, 캄보디아 현지 수사국이 수사 현황을 제대로 알리지 않는다는 기사를 보게 되었다. 나는 잠시 고민하다가 혜란에게 문자를 보냈다. 아무래도, 삐쎗을 만나러 간 것 같아. 문자를 보낸 지 몇 분 되지 않아서 답장이 왔다. 나도 그렇게 생각해. 그리고 곧이어 전화가 왔다.

"빨리 경찰에게 알리자."

"어떻게?"

내가 묻자 혜란이 우물쭈물하며 말했다.

"경찰서에 가서 석이 이름을 대고 말하면 되지 않을까?"

나는 보이지도 않는데 고개를 끄덕이며 말했다.

"그래, 한번 그렇게 해보자."

"우리 둘이?"

"응, 우리 둘이."

나와 혜란은 한 시간 뒤 용산경찰서에서 만나기로 하고 전화를 끊었다. 막상 전화를 끊자 문밖으로 나갈 일이 막막했다. 혜란과는 어떤 불화도 없었지만, 지금 누군가를 만난다는 것 자체가 큰 부담이었다. 하지만 나가야 했다. 나간 김에 식사다운 식사도 하고 싶었다. 그래서 용산역 근처에 있는 현선이네 떡볶이를 먹어야지, 그렇게 생각했다. 큰맘 먹고 문밖을 나섰다. 꼬박 7일 만이었다.

우습게도 나와 혜란은 현선이네 떡볶이집에서 마주쳤다. 약속 시간보다 일찍 도착해 떡볶이 1인분만 먹고 가려고 했는데 혜란도 나와 똑같은 생각을 한 것이었다. 우리는 가게에서 서로를 쳐다보고 헛웃음을 지었다. 나는 석이가 사라진 뒤에도 기어코 떡볶이집에 기어들어가는 내가 부끄럽

게 느껴졌는데, 그건 혜란도 마찬가지였을 것이
다. 혜란은 자신의 떡볶이 그릇을 들고 내 건너편
으로 와 앉았다. 우리는 한동안 조용히 떡볶이를
먹었다.

혜란은 내가 엄마의 삼일장을 치르는 동안 계속
자리를 지켜주었다. 열심히 육개장과 떡, 귤을 퍼
다 나르며 장례식장 내에서 존재감을 확실히 드러
냈지만, 정작 내 앞에서는 아무 말도 하지 않았다.
있는 듯 없는 듯 그렇게 있으려 안간힘을 쓰는 사
람처럼 보였다. 나는 혜란의 그 마음이 고맙긴 했
지만 티를 내지는 않았다. 먼저 말을 건넨 쪽은 혜
란이었다.

"석이 말이야, 정말 삐쎘을 만나러 간 것 같지?"

"그런 것 같아. 그렇지 않으면 다시 캄보디아에
갈 이유가 없어."

"그래, 일단 찾는 게 우선이니까."

"우선이니까."

나와 혜란은 '우선'이라는 단어 뒤에 많은 것을
삼켰다. 이렇게 무언가를 함께 도모하는 것은 오
랜만이었다. 도모라…… 사실 혜란이 용산경찰서

에서 보자고 한 것도 대학 때의 기억 때문일지도 모르겠다.

언젠가 나는 남들이 소위 말하는, '도를 믿습니까'를 따라간 적이 있었다. 낡은 자취방에 들어가기 싫어 정처 없이 술을 마시고 다닐 때였다. 그때 누군가 내게 눈에서 슬픔이 느껴진다고 했고, 나는 그때 정말 슬펐기에 취한 상태로 그걸 어떻게 아셨냐고 물었다. 그러자 그 여자는 내게 영혼에 대한 이야기를 들려주었다. 단언컨대, 나는 살면서 그렇게까지 세세한 영혼에 대한 이야기는 들어본 적이 없었다.

"당신의 영혼은 단단한 에고 속에 숨겨져 있어요. 그 에고는 타조 알만큼 두껍고 단단해서 쉬이 깨지지 않아요. 가끔 그 에고가 당신을 괴롭히겠죠. 당연해요. 하지만 그 에고라는 것이 당신을 동시에 지켜주고 있다는 것도 알아야 해요. 분명한 건, 당신의 그 두꺼운 에고 속에 몹시도 연하고 부드러운 속살이 있답니다. 그걸 우리는 뭐라고 부른다고 했죠?"

"영혼."

나는 홀린 듯이 대답했다. 그렇게 그 여자를 따라가게 되었다. 따라가면서도 낯선 사람을 줄레줄레 쫓아가는 게 영 걱정이 되어 혜란과 석이가 있는 단톡방에 메시지를 남겼다. 나 지금 모르는 사람 따라가고 있는데, 연락 안 되면…… 뭘 어떻게 해야 할진 모르겠지만 아무튼 뭐라도 해줘! 그리고 나는 통상 사람들이 듣던 대로 그곳에 가서 '공부'라는 걸 한 뒤 '의식'이라는 걸 치렀다. 그리고 내가 그 모든 절차를 거칠 동안 석이는 노발대발하며 내게 전화를 걸어댔고 나는 받지 못했다. 결국 석이는 무작정 혜란을 끌고 용산경찰서에 발을 들였다. 지구대가 출동한 덕분에 나는 그곳에서 좀 더 일찍 빠져나와 안전하게 귀가할 수 있었다.

　그 후에 우리는 비타500 두 박스를 들고 용산경찰서에 한 번 더 방문했다. 솔직히 나는 아직까지도 그 사람이 말한 영혼의 의미에 대해 종종 곱씹고는 한다. 내게는 그게 나름대로 중요한 문제였다. 물론 시간이 흐르면서 그런 것에 더 이상 의미 부여를 하지 않았지만, 그것이 좋은 건지 나쁜 건지는 알 수 없었다.

나와 혜란은 거의 10년이 지나서 다시 용산경찰서 앞에 섰다. 겨울이라 둘 다 두꺼운 점퍼를 껴입고 목도리를 단단히 두르고 있었다. 우리는 커다란 용산경찰서 간판 앞에 서서 한참을 망설였다. 이번에 먼저 말을 꺼낸 건 나였다.

　"그런데, 재한 씨는 어떡해?"

　내가 그렇게 묻자마자 혜란이 재빠르게 대답했다.

　"그러니까. 아무래도 이건 아닌 것 같아."

　"그럼 어떡해?"

　"어떡하지?"

　석이에게는 재한 씨가 있었다. 석이가 재한 씨를 놔두고 삐삣을 만나러 간 것을 알면 그들의 결혼 생활은 어떻게 될 것인가? 우리는 그것에 대한 책임을 지고 싶지는 않았다. 이러지도 저러지도 못하는 상황이었다. 심증은 있지만 물증은 없고, 그 심증도 수상하긴 매한가지였다. 그러니까 경찰에게 신고를 해서 삐삣을 찾게 되면, 삐삣은 어떻게 되는 거고 재한 씨는 어떻게…….

　"안 되겠다."

"그렇지?"

우리는 발걸음을 돌려 다시 용산역으로 향했다. 그리고 포장마차에 들러 어묵과 국물을 먹었다. 나는 매운 어묵을 두 개째 먹으며 혜란에게 말했다.

"우리가 가야겠다."

혜란 역시 어묵을 두 개째 먹으며 대답했다.

"어디를?"

"캄보디아에."

그러자 마지막 어묵 조각을 먹기 위해 입을 크게 벌리던 혜란이 그 상태 그대로 나를 바라보았다. 나는 석이가 나의 행방을 찾기 위해 용산경찰서에 혜란을 데리고 갔을 때, 혜란이 바로 이런 표정을 하고 있었겠구나, 생각했다. 그리고 또 돌아오지 못할 길로 들어서고 만 것 같아 마음 한구석이 조금 불편했다.

*

　우리가 생각한 것보다 바울학교의 상황은 몹시 열악했다. 한 학급당 40명이 넘는 아이들이 있었고, 12학년까지 있는데 선생님의 수는 턱없이 모자랐다. 그리고 아이들은 매번 달라지는 선생님들의 수업 방식에 영 적응을 못 하는 것 같았다. 우리는 배정받은 숙소에 휩쓸리듯 짐을 풀고 바로 일을 시작했다. 나는 처음부터 교재 제작을 담당하기로 협의된 터라 수업 배정을 많이 받지는 않았지만, 혜란과 석이는 하루에 적어도 여섯 시간 넘게 한국어부터 영어와 음악 수업까지 도맡아 해야 했다. 내가 잘 터지지도 않는 인터넷을 통해 이것

저것 교재 제작을 위한 레퍼런스를 검색해보는 동안 혜란과 석이는 쉬는 시간 10분을 그나마 쉬는 시간답게 쓰기 위해 재빨리 숙소에 와서 널브러졌다. 그사이 아이들에 대한 평가를 쏟아내기도 했고 제대로 학생들을 개도하지 못하는 학교의 운영 방침에 대해 불만을 토로하기도 했다.

언젠가는 석이가 침울한 표정으로 노트북 앞에 앉아 있던 내게 다가왔다. 무슨 일 있어? 내가 묻자 석이는 말도 없이 물 한 잔을 벌컥벌컥 들이켰다. 그리고 조심스레 내게 말했다.

"조금 이상한 것 같아."

"뭐가?"

"내가 애네 가르치는 거."

"왜?"

"어떤 애들은 나보다 영어를 잘하고 어떤 애들은 한국어 문법에 대해 놀랄 만큼 잘 알고 있기도 해. 기가 죽을 정도로. 그럼에도 내가 여기서 이 아이들을 가르치는 이유는 딱 하나인 거 같아."

"어떤 이유?"

"내가 한국 사람이라는 거. 조금 더 잘사는 나라

사람이라는 거. 그것뿐이야. 그리고 봉사? 우리가 뭔데 이 아이들을 위해 봉사해? 말만 번지르르하지. 사실 우리 여기 학점 따려고 온 거잖아."

나는 석이가 과중한 업무로 너무 힘든 나머지 잠시 열정을 잃은 것이라 생각했다. 그래서 아무 생각 없이 위로의 말을 건넸다.

"아니야, 확실히 아이들한테는 두루두루 많은 도움이 될 거야. 우리 나름, 원어민이잖아."

그런 말을 하면서도 나 자신이 조금 부끄러웠다. 아니나 다를까 석이가 쏘아붙였다.

"너는 영어 수업 한번 해본 적 없잖아."

맞는 말이었다. 나는 주로 저학년 한국어 수업에만 들어갔다. 올망졸망한 아이들과 한국에서 만들었던 한국어 노래를 연습하고 단어 하나하나를 짚어가며 따라해보라고 부드럽게 일러주는 것이 다였다. 물론 통제가 전혀 되지 않을 때도 있었지만, 그런다고 내 일신에 문제가 되는 건 아니었기에 뭐든 괜찮다는 식으로 수업에 임할 뿐이었다. 짧은 정적이 흐르고 수업 시작 종이 울렸다. 석이는 부랴부랴 다음 수업을 위해 숙소를 나섰다.

우리 중에서 아이들과 가장 잘 지내는 사람은 혜란이었다. 혜란은 피아노도 잘 치고 노래도 잘 해 음악 수업을 전담으로 맡았다. 혜란의 수업은 저학년, 고학년 할 것 없이 늘 인기가 좋았다. 혜란은 석이처럼 심각한 고민은 하지 않고, 그저 수업 시간을 즐기기 위해 최선을 다해 노력하는 것처럼 보였다.

어쨌든 우리는 좋든 싫든 이 학교생활에 속속들이 적응했다. 평일에는 방과 후까지 저학년 아이들과 놀아줬고 주말에는 매번 시내에 나가 아침부터 따끈한 쌀국수와 연유 커피를 마신 뒤 손뜨개로 만든 작은 인형이나 가방 따위를 쇼핑했다. 어떤 날은 마사지를 받았고 어떤 날은 오후 내내 숙소에서 늘어지게 잠만 잤다. 함께 카페에서 노트북이나 책 같은 것을 펼쳐놓고 하고 싶은 걸 하기도 했다. 자신을 유독 잘 따르는 아이들을 자랑했고 이름과 사진을 공유했다. 나는 그러면서도 내내 석이의 말을 떠올렸다. 우리가 뭔데 이 아이들을 위해 봉사해? 하지만 분명한 건 우리는 뭔가를 계속하면서 치열하게 시간을 보내고 있다는 것이었다. 그렇다고 하더라도…… 무엇을 위해? 석이의 말은 아이들과 점점 더 가까워질수록 자꾸 머릿속을 휘저어놓았다.

어느 수요일 오전, 개교기념일이라 학교가 쉬는 날이었다. 우리는 아침 겸 점심을 먹은 뒤 여느 때처럼 낮잠을 즐기고 있었다. 더운 날씨답지 않게 창문으로 바람이 살살 불어왔고 휘날리는 커튼 사이로 햇빛이 드리웠다. 나는 잠이 올 듯 말 듯 그런 상태가 좋아 계속 누워 있었고 혜란은 그런 나를 힐끔거리며 사진을 찍고 킥킥거린 뒤 엎드려 책을 읽는 둥 마는 둥 하고 있었다. 석이는 앉아서 계속 휴대폰을 바라보고 있다가 나를 깨웠다. 그리고 나와 혜란에게 이것 좀 보라며 휴대폰을 들이밀었다.

스크린 속에는 반쯤 침몰한 배의 모습이 송출되고 있었다. 소리 좀 키워봐. 혜란이 말하자 석이는 소리를 최대로 키웠다. 사고 접수 후 해양경찰이 출동 및 구조에 나섰다고 했다. 안에는 수학여행을 가던 학생들이 있다고 했다. 나는 구조에 나섰다는 내용까지 들은 뒤 다행이다, 별일이 다 있네, 하며 다시 누웠고 금방 잠에 빠져들었다. 혜란도 다시 책을 읽기 시작했다. 방 안에는 헬기 한 대와 경비정 몇 척이 투입됐다는 아나운서의 중계방송이 가득 울렸다.

그때까지도 우린 전혀 몰랐다. 온종일 배가 침몰하는 과정을 생중계로 보며 처음 경험해보는 끔찍한 무력감을 느끼게 될 줄은. 나아가 배가 끝끝내 믿기지도 않게 침몰한 뒤 수많은 학생들이 다신 돌아오지 못하게 될 거라고는. 그 한 주 동안 우리는 간간이 설마, 사실일까, 아닐 거야를 각자 중얼거렸다.

그날 이후로 바울학교에서의 일상은 조금씩 달라졌다. 어쩐지 날 선 상태로 서로를 대했고 사소한 다툼을 벌이는 일도 잦았다. 그렇게 된 데에 정확한 맥락과 이유를 들어 설명할 순 없지만, 나 같은 경우는 내가 속했던 세계가 일어나서는 안 되는 사건으로 말미암아 통째로 부정당하는 기분이 들었던 것 같다. 대상 없는 배신감과 이루 말할 수 없는 수치심이 수시로 불쑥불쑥 고개를 들이밀어 나를 지그시 응시하는 느낌. 그건 아마 혜란과 석이도 마찬가지였을 것이다.

하지만 그때 당시 우리는 서로에게 미묘한 변화가 있다고만 생각했지, 정작 자기 자신에 대한 변화는 인지하지 못했다. 그 시절 우리는 스스로가 겪고 있는 문제점을 잘 인식하지 못했고, 해결하려 들지 않았다. 그때그때 각자 시간을 보내는 방식으로 매일을 버틸 뿐이었다. 그즈음부터 석이는 집요하게 바울교회의 예배에 참석하기 시작했고 반대로 혜란은 이런저런 변명을 대며 교회에 나가지 않았다.

바울학교의 봉사자들은 바울교회의 일요 예배에 무조건 참석할 것. 그것이 학교의 교장인 선교사가 정해놓은 규칙이었다. 석이는 일요일은 물론 금요일, 토요일까지 모든 시간을 교회에 쏟아서 문제가 있는 것처럼 보였고, 혜란은 일요 예배 시간조차 지키지 않아서 수시로 꾸지람을 들었다. 나는 둘 사이에 어영부영 끼어 하루하루 시간을 흘려보내기에 바빴다. 그러면서 서서히 내 비틀린 마음에 발동이 걸리기 시작했다.

*

프놈펜 국제공항에 도착한 나와 혜란은 9년 동
안 몰라보게 달라진 공항의 모습에 주위를 두리
번거렸다. 대부분 못 보던 매장이었지만, 어떤 가
게는 간판째 그 모습을 유지하고 있기도 했다. 우
리는 10년 전에 왔을 때도 있었던 유심 판매 매장
에 들러 유심을 교체했다. 물론 직원은 달라져 있
었다. 나는 어꾼, 하며 합장을 한 뒤 돌아섰는데 혜
란이 웃으며 말했다. 아직도 기억하네? 그럼, 내가
그렇게 말하며 어깨를 으쓱해 보이자 혜란이 나도
기억하는 거 많아, 하며 알고 있는 캄보디아어를
모조리 뱉었다. '좋아해' '미안해' '그만' '혼나'. 나는 혜란이 특히 '혼나'라는 말을 기억하고 있는 게 신기했다.

캄보디아에 오기 전, 미리 페이스북을 통해 삐쎗과 연락을 취했다. 페이스북에는 정말 몇 년 만에 들어갔기에 비밀번호를 까먹어 몇 번이나 틀린 뒤 겨우 접속할 수 있었다. 페이스북 메시지 함은 당시 캄보디아 아이들과 나눴던 메시지들로 빼곡했다. 언젠가 다시 돌아올게, 기다릴게요. 그런 다정한 인사를 건네며 우리는 이별 아닌 이별을 했다. 그런데 나는 한 번이라도 다시 돌아올 생각을 했던가? 그리고 그 아이들은 우리가 돌아오지 않으리란 걸 예상했을까? 나는 그 당시 우리가 나눈 인사말들이 진심이 아니었나 고민하다가 그건 아니라는 생각에 도달했다. 하지만 이제 와서 느끼는 이 미묘한 감정은 울며 이별했던 그 감정들이 아주 찰나의 감정에 불과했다는 것을 깨닫게 해주었다. 그것은 분명 진심이지만, 진심이라기엔 아주 찰나에 불과한 진심이었던 것이다.

삐쎗과 마지막으로 메시지를 주고받았던 건 2016년이었다. 삐쎗은 나에게 종종 메시지를 보냈다. 잘 지내요? 그러면 나는 술을 먹다가 담배를 피우러 나와서 대충 답장을 보내거나 새벽까지 과제를 하다가 메시지 알림을 신경질적으로 꺼버리곤 했다. 그러기를 2년, 더 이상 뻐쎗은 나에게 메시지를 보내지 않았다. 나는 뻐쎗과 주고받았던 메시지 기록을 보다가 이제 와서 그에게 메시지를 보내는 게 염치없는 것처럼 느껴졌다. 하지만 할 건 해야지. 나는 조심스레 손가락을 움직여 메시지를 보냈다. 뻐쎗, 잘 지내? 그러자 얼마 지나지 않아 뻐쎗에게 답이 왔다. 그곳은 밤중일 텐데. 네, 잘 지내요. 그런데, 언제 올 거예요? 나는 그 말이 우리가 옛날에 했던 약속을 떠올리고 하는 말인지 석이의 실종에 대한 말인지 헷갈렸고 어느 것이든 마음이 좋지 않았다. 하지만 바로 다음 메시지에서 뻐쎗의 의중을 확실히 알 수 있었다. ㄲ로, 프놈펜에 오세요. 와야만 해요. 뻐쎗은 무언가 알고 있었다. 나는 그것을 '와야만' 한다는 문구에서 단번에 알아차릴 수 있었다. 그러니까, 뻐쎗의 의중이 전자이든 후자이든, 어떤 이유에서든 나와 혜란은 이곳에 올 수밖에 없었던 것이다.

밖으로 나오자 더운 공기가 훅 끼쳐 왔다. 우리는 얼른 카디건을 벗고 모자를 썼다. 선크림 바르는 걸 깜빡했네. 혜란은 허둥지둥 가방에서 선크림을 꺼냈다. 끄로! 멀리 떨어지지 않은 곳에서 누군가가 선생님! 하고 외쳤다. 우리는 반사적으로 그곳을 돌아보았다. 그곳에는 오토바이에 기대앉은 삐쎗이 반가운 얼굴로 나와 혜란을 맞이하고 있었다. 10년 만에 본 삐쎗은 많이 달라져 있었다. 수염이 덥수룩하게 나 있었고 눈썹이 옛날보다 더 진해진 것 같았다. 하지만 큰 키에 조리를 신고, 나이키 저지를 입은 모습은 어딘지 익숙한 구석이 있었다. 그래도 어색하긴 매한가지였다. 나와 혜란은 쭈뼛거리며 그쪽으로 다가갔다. 쫌으리업 수어. 혜란이 먼저 인사를 건넸다. 그러자 삐쎗은 어색한 기색 없이 나와 혜란을 번갈아 안아주었다.

"오느라 힘들었죠?"

삐쎗이 능숙한 한국어로 말했다. 삐쎗은 당시 최고 학년인 12학년 사이에서도 한국어를 제일 잘하는 편에 속했고 한국어는 물론 영어에도 능숙했다. 졸업한 지 10년이 지났는데도 여전히 한국어를 유려하게 구사하는 삐쎗이 대단하게 느껴졌다. 어쨌든 그렇게 인사를 나누고 바로 근처에 있는 카페로 향했다. 나와 혜란은 나란히 연유 커피를 시켰고 삐쎗은 버블티를 시켰다.

삐쎗은 바울학교의 태권도 선생님으로 일을 하고 있다고 했다. 우리는 아직까지 바울학교와 인연이 있는 삐쎗에게 괜히 반가운 마음이 들었다. 바울학교는 어때? 우리가 묻자, 삐쎗은 똑같죠, 뭐. 왔다 가고, 갔다 오고. 그러면서 나와 혜란을 가리켰다. 그러면서 넌지시 말했다.

"있잖아요, ㄲ로."

"그렇게 부르지 마. 우리 이제 선생님 아니야."

내가 먼저 말하자 혜란이 고개를 끄덕였다.

"그래도, 익숙하잖아요."

"우리가 민망해."

"벙 때문에 온 거 맞죠?"

그때 우리가 시킨 음료가 나왔다. 삐쎗에게 벙이라 함은, 석이를 가리키는 것이었다. 유일하게 삐쎗이 누나라고 부르던 사람은 석이뿐이었으니까. 나와 혜란은 무슨 말을 어떻게 시작해야 할지 몰라 잠시 침묵했다.

"저 벙 만났어요. 얼마 전에요."

"어디서?"

"왜 먼저 말 안 했어?"

나와 혜란은 흥분한 듯 동시에 물었다. 그러자 삐삣이 우리가 앉아 있는 자리를 가리키며 말했다. 여기서요. 말을 하지 않은 건, 벙이 그걸 원했어요. 나와 혜란은 서로를 마주 보았다. 그리고 내가 먼저 물었다. 그러면…… 석이는 지금 어디 있어? 그리고 널 왜 만난 건데? 혜란이 묻자 삐삣이 조금 망설이다가 대답했다. 어디 있는지는 조금이따 알려줄게요. 벙은 미안하다는 말을 하러 왔다고 했어요.

"또?"

"울었어요. 울고, 미안해하고, 또 울다가 미안해하고……"

"뭐가 그렇게 미안한데?"

그러자 이번에는 삐삣 쪽에서 입을 다물었다. 나와 혜란은 삐삣이 석이에게 위해를 가했을 거라고는 단 한 번도 생각해본 적이 없었다. 하지만 삐썻이 입을 다물고 아무 말도 하지 않으니 등골에서부터 이상한 불안감이 스멀스멀 밀려왔다. 차라리, 경찰에 신고를 했어야 했나. 삐썻은 분명 뭔가를 알고 있었다. 혜란이 침묵을 견디지 못하고 찰나의 진심을 꺼내버렸다.

"그때 둘이 뭐 있었잖아. 그걸 우리가 모를 것 같아? 궁금한 건, 네가 걔를 만나서 뭘 했냐는 거야."

"궁금한 게 아니죠, 이미 제가 뭘 했을 거라고 단정하시잖아요."

삐썻이 무표정하게 말했다. 그리고 혼잣말을 하듯 다시 중얼거렸다.

"그런데 정말 그게 다예요. 벙은 울고불고하면서도 이제는 행복해졌다고 했어요. 그런데 나는 그게 거짓말인 걸 단번에 알았어요. 행복한 사람은 그렇게 쉽게 행복하다고 하지 않거든요."

그리고 잠시 뒤, 삐썻은 우리에게 벙, 그러니까 석이와 이곳에서 나눈 이야기를 나긋한 목소리로 들려주었다.

2. 일어난 일

4월은 크메르 신년으로 캄보디아의 새해가 끼어 있는 달이었다.

3일 동안 거리 곳곳에서 다양한 춤극이 이어지고 쌀떡 같은 주전부리들을 팔았다. 아이들은 우리에게 이날만큼은 해피 쫄츠남! 하고 인사했는데 들어보니 쫄츠남은 크메르어로 새해를 뜻하는 단어였다. 나와 혜란은 새해라서 내심 쉬는 것을 기대했지만, 교장이 신도들을 위해 공연을 하나 준비해달라며 명령 비슷한 부탁을 해 기분이 팍 상해버렸다. 특히, 나는 비록 작은 무대일지라도 무대 공포증이 있는 편이라 어쩔 수 없이 공연을 하게 된 이 상황이 끔찍하게 싫었다. 하지만 석이는 나름 바울교회의 열성 신도였기에 콧노래까지 부르며 나와 혜란에게 어떤 공연을 해야 할지 의견을 구했다.

우리는 가장 기본적인 노래를 선택했다. 「What's Going On」. 어지간하면 보편적인 초급 기타 교본에는 다 들어가 있는 노래였다. 혜란은 당연히 피아노를 맡았고 나는 애들의 성화에 못 이겨 억지로 노래를 맡게 되었는데 그때 나는 처음으로 애들과 노래방에 갔던 일을 후회했다. 그러고 나니 막상 석이가 할 게 딱히 없었다. 그런데 석이가 먼저 대뜸 자기가 기타를 쳐보겠다고 선언을 했다. 결국 이렇게 저렇게 여러 권사님을 통해 석이에게 기타를 가르쳐줄 사람을 소개받았고 그 사람이 바로 삐쎗이었다. 우리는 삐쎗을 간간이 교실이나 교회에서만 봤을 뿐 잘 알지 못했다. 그저 유난히 성실한 학생이라고만 생각했다. 삐쎗은 학교의 모든 행사에 빠짐없이 참여를 했고 못하는 게 없었다. 성적도 좋을뿐더러 태권도 대회에서도 몇 번이나 우승을 차지한데다가 교회 밴드부의 리더 역할까지 맡고 있었다.

 교장이 이곳 바울학교에서 가장 신뢰하는 학생
이 바로 삐썻이라는 이야기를 들은 적이 있었다.
그때 당시 나와 혜란은 이미 교장의 강압적인 태
도에 불만이 많은 상태였기에 거의 교장의 양아들
노릇을 하는 삐썻이 곱게 보이지 않았다. 하지만
석이는 기어코 삐썻과 함께 기타를 연주하겠다고
했고 어쩔 수 없이 우리 셋은 삐썻과 함께 공연을
하게 되었다. 물론 석이의 기타 연주는 형편없었
기에, 삐썻의 가이드가 큰 도움이 되기는 했다. 나
와 혜란은 이틀간 연습할 때를 제외하고는 삐썻과
별로 말을 섞지 않았다. 하지만 석이는 달랐다.

 삐썻이 석이에게 기타를 가르쳐줘서 그런지는
몰라도, 둘은 어쩐지 역할이 많이 바뀐 것처럼 보
였다. 그러니까, 삐썻이 꼭 선생 같았고 석이가 학
생 같았다. 석이는 인내심이 없는 편이어서 연주
를 할 때마다 스스로에게 답답함을 느꼈고 삐썻은
그런 석이가 묵묵히 완주를 해낼 때까지 기다려주
었다. 당시 삐썻은 뒤늦게 학교에 입학한 스물두
살의 청년이었다. 석이는 키가 몹시 작아 삐썻의

가슴께에도 미치지 못했다. 삐쳣과 석이는 밤마다 빈 교실에 마주 앉아 기타 연습을 했다. 그때까지도 나와 혜란은 그저 석이가 다가올 공연에 집중하고 있는 줄로만 알았다. 그런데 공연을 하루 앞둔 밤 문득 석이가 나와 혜란에게 질문을 해왔다.

"얘들아, 누구를 섬긴다는 말에 대해서 어떻게 생각해?"

애가 대체 무슨 소리를 하는 건가 싶어 내가 잠시 고민하는 사이 혜란은 한국에 있는 애인과 연락을 주고받으며 시큰둥하게 대답했다.

"종이 주인을 섬기는 거지."

"그래? 그것 말고 다른 건 없을까?"

나는 고민 끝에 조금 다른 대답을 내놓았다.

"뭔가를 단단히 받치고 있는 두 손이 떠올라."

"두 손?"

"그러니까, 너희들이 신을 섬기듯이 말이야."

나는 굳이 신도의 일원이 되고 싶지 않다는 의미로 부러 '너희'를 강조하며 말했지만 석이에게 그런 사소한 문제 따위는 안중에도 없는 것 같았다. 다만 내 얼굴을 양손 가득 감싸며 눈을 동그랗

게 뜨고 말했다. 그래, 그거야. 맞는 것 같아. 그러
곤 내가 질색하는데도 불구하고 기어코 나를 꽉
껴안았다.

그날 밤 자정이 넘은 시간에 석이가 조심스럽게
숙소를 나갔다. 혜란은 자고 있었지만 나는 깨어
있었다. 그런데 뭔가 그래야만 할 것 같아 자는 척
을 했다. 그래 놓고 괜스레 석이가 걱정되어 꼬박
밤을 새웠고 석이는 동이 틀 무렵에야 슬며시 들
어와 이불 속으로 파고들었다. 결국 나는 잠을 제
대로 자지 못해 피곤한 상태에서 공연을 해야 했
다. 컨디션이 좋지 않아 고음을 내지를 때마다 목
소리가 갈라졌다. 여러 번 목소리가 갈라지자 수
치스러운 마음이 들어 얼굴이 붉어지고 가슴이 두
근거렸다. 점점 나 자신이 우스워지기 시작했다.
특히 what's going on을 연발하는 대목에서는 가
사대로 도대체 이게 어떻게 된 일인지 모르겠는
지경이 되었다.

그렇게 잔뜩 긴장한 상태에서 박자를 놓쳤고 그
러자 석이와 삐쎗의 기타 연주도, 혜란의 피아노
연주도 몽땅 흔들리기 시작했다. 그러니까, 전부

엉망이 되었다는 뜻이다. 나는 귀까지 새빨개진 채로 도망치듯 무대를 내려왔고 혜란은 그런 나를 위로하기 위해 한달음에 달려왔다. 그런데 삐쎗과 석이는 이 상황이 몹시 재미있다는 듯 서로를 바라보며 웃고 있었다. 그 순간 나는 석이가 우리가 함께 만들기로 한 이 공연에는 일말의 관심도 없었다는 것을 깨달았다.

치졸하게도, 나는 그때부터 석이를 앞에 두고 미묘한 벽을 쌓기 시작했던 것 같다. 완벽하게 망쳐버린 공연도 공연이지만, 그때 나의 입장에서는 아무리 성인일지라도 학생과 불미스러운 일을 벌이고 있는 석이에 대해 불편한 감정이 생길 수밖에 없었다. 하지만 정말 석이와 삐쎗이 어떤 관계를 맺고 있다는 확신이 없었기에 아무에게도 털어놓지는 못했다. 그런데 공연이 끝난 다음 날 오후, 혜란이 내게 조심스럽게 다가와 할 말이 있다고 했다. 우리는 시시껄렁한 이야기를 하며 운동장을 돌았다. 나는 속으로 혜란이 할 말이 무언지에 대해서 골몰했으며 혜란은 말할 타이밍을 잡기 위한 듯 요리조리 내 눈치를 보는 것 같았다.

"동이야, 있잖아. 내가 어제 새벽에 잠깐 교실에 두고 온 책을 가지러 갔거든?"

"갔는데?"

"그런데 뭘 봤어."

"뭘?"

"삐쩟이랑 석이를."

혜란은 삐쩟이 운전하는 오토바이 뒷자리에 석이가 타고 있었다고 말하며 조심스럽게 주위를 두리번거렸다. 그때 나는 조금 망설였다. 이곳에 오기 전 우리 사이에는 분명 한 점의 의심도 없었다. 나는 우리 사이의 그런 점이 무척 마음에 들었는데, 나의 미운 마음을 숨기기에 딱 좋은 관계였기 때문이다. 그런데 혜란이 내게 속삭이듯 석이의 비밀을 털어놓은 순간, 내 가슴 깊숙한 곳에서 바로 그 마음, 미운 마음이 불쑥 솟아 올라왔다. 나는 잠시 운동장에 우뚝 서서 혜란을 바라봤다. 그리고 아까보다 훨씬 더 속삭이듯 말했다. 걔네, 아마 잔 것 같아.

*

그러니까, 처음 삐쎘이 석이로부터 메시지를 받
은 것은 세 달 전이었다. 나와 혜란이 그랬던 것처
럼, 석이가 일방적으로 연락을 끊은 지는 꽤 오래
였다고 했다. 네게 사과할 것이 있어. 삐쎘은 석이
에게 사과할 필요 없다고, 찰나의 순간은 찰나일
뿐, 그것에 결코 사로잡혀 있지 않았다고 말해주
었다고 했다. 그런데 석이는 그게 아니라며 삐쎘
에게 프놈펜으로 가겠다고, 가서 자신이 '이제 와
서' 느낀 모든 것에 대해 말해주겠다고 했다는 것
이다. 삐쎘은 소리나게 침을 삼키더니 뭔가를 결
심한 듯 나와 혜란에게 단호한 목소리로 일렀다.

"별로 대단해 보이지 않을 수 있어요."

"뭐가?"

"벙이 이곳까지 다시 오게 된 이유로는 충분치 않다는 생각이 들 수도 있다는 거예요."

그러면서 나와 혜란에게 삐썻은 의아하게도 꺼 빽섬에 대해 아느냐고 물었다. 나와 혜란은 고개를 저었다. 그러자 삐썻이 꺼빽섬에 대해 설명을 해주기 시작했다. 꺼빽섬은 프놈펜과 근거리에 위치한 섬으로 지금은 외국인 관광객들의 휴양지로 인기가 높은 곳이라고 했다. 곳곳에 프랑스식 건물이 남아 있고 깨끗한 물로 둘러싸여 있어 사람들이 많이 찾는다고. 그런데 정작 캄보디아 사람들은 잘 가지 않는다고 했다.

"석이가 그곳에 갔어?"

"간다고 했어요."

"혹시 그 섬에서 석이가 갈 만한 곳이 있어?"

내가 묻자 삐썻이 나를 가만히 바라보았다. 나도 지지 않고 삐썻의 눈을 마주보았다. 그러자 삐썻이 조금 허탈하다는 듯 웃었다.

"끄로는 옛날하고 똑같네요."

"뭐가?"

"여지없이 서두르는 거요."

나는 순간 얼굴이 확 달아오르는 느낌이 들었지만, 모른 체했다. 삐쩟이 나를 그렇게까지 정확하게 알고 있을 줄 몰랐고 '여지없이'라는 어려운 단어까지 사용해가며 나를 판단한 것도 불쾌했다. 하지만 삐쩟의 말이 맞았다. 나는 언제나 서두르는 사람이었다. 하루하루 치러낼 일들에 급급해서 숨이 턱까지 찬 채로 기어이 일을 해내고야 마는 사람. 하지만 그렇게 숨 가쁘게 모든 걸 해내고 나면 꼭 놓치는 것이 있었다. 삐쩟은 그런 내 안 좋은 습관을 전부 알고 있는 것처럼, 지금의 내가 마치 그때의 내가 저질렀던 실수를 반복하고 있는 사람인 것처럼 말했다.

"어떤 사건은 거리를 두고 들여다볼 때 더 잘 보이는 법이에요."

"지금 우리 너한테 훈계 들으러 온 거 아니야."

그렇게 먼저 말한 것은 내가 아닌 혜란이었다. 그리고 침착한 목소리로 석이가 꺼삑섬에 가게 된 경위에 대해 더욱 구체적으로 말해줄 수 있겠느냐고 물었다. 그러자 삐쎗이 순순히 대답을 해주었다.

"우리 예배 끝나고 넷이 같이 저녁 먹었던 날 기억해요? 그때 제가 말했잖아요. 꺼삑섬에 대해서."

나는 그때 일은 아무것도 기억이 나지 않았다. 왜냐하면 그 전날 치렀던 최악의 공연이 머릿속에서 떠나질 않았기 때문이기도 했고 그때 내 식대로 말하자면, 석이와 삐쎗의 '부정한 관계'를 추론하느라 바빴기 때문이다. 무슨 얘기를 했는지는 물론이고 그때 뭘 먹었는지도 잘 기억나지 않았다. 그때, 혜란이 조그만 신음을 뱉으며 나를 바라보았다. 그리고 말했다.

"나, 알 것 같아. 꺼삑섬."

삐쎗이 나직이 대답했다.

"맞아요. 벙은 그곳에 갔어요."

한참 동안 정적이 흘렀다. 나는 꺼삑섬에 대한 조그마한 단서라도 찾기 위해 열심히 머리를 굴렸지만, 여전히 아무 생각도 나지 않았다.

"그때 일은 미안해."

그 와중에 혜란이 나직이 말했다. 그러자 삐쎗이 물었다.

"뭐가요?"

"오해한 거."

"괜찮아요. 완전히 오해한 건 아니니까."

그렇게 말한 뒤 삐썻은 뭔가 좀 억울한 사람처럼, 토로하듯 다시 중얼거렸다.

"맞아요. 저, 벙 좋아했어요. 그런데 그거 알아요? 저랑 벙은 그때 오토바이를 타고 나가서 공원에 갔어요. 엉망진창으로 조경이 된 공원에요. 벙은 그곳에 있으면 안심이 된다고 했어요. 망가진 모든 것들이 나름대로 조화를 이루어낸다고요. 우리는 망가진 걸 보기 위해 새벽마다 나간 거예요. 그리고 열심히 준비하던 공연이 정말로 엉망진창이 되어버렸을 때, 우리가 어떤 마음이었을 것 같아요? 그걸 들여다보기나 했어요? 끄로, 대답해봐요."

나는 삐썻의 말을 들으면서 그날 그가 했던 얘기에 대해 그제야 떠올릴 수 있었고 참을 수 없는 자괴감에 빠져들었다.

*

그때 저녁 식사 자리를 먼저 제안한 사람은 석이였다. 나와 혜란은 이미 석이와 삐쎳의 관계에 대해 의심을 품고 있었기에 그 제안이 탐탁지 않았지만, 서로의 스케줄을 전부 다 알고 있는 사이였던지라 딱히 자리를 피할 만한 구실이 없었다. 그렇게 우리는 자주 가던 쌀국수집에 모여서 식사를 하게 되었다. 삐쎳은 수업이 끝나고 오느라 좀 늦을 거라고 했고, 나와 혜란, 석이가 먼저 식당으로 걸어갔다. 15분 정도밖에 되지 않는 거리였지만, 무척 더운 날씨여서 관자놀이에 땀이 흐르기 시작했고 나는 조금 짜증이 났다. 석이는 그런 내

속도 모르고 신나서 종알종알 그날 아이들과 있었던 일에 대해 떠들어댔다.

"내가 오늘 1학년 애들이랑 한국어로 끝말잇기를 했는데, 내가 '답답하다'라는 단어를 말하니까 티다가 뭐라고 했는지 알아?"

"뭐라고?"

"선생님, 그건 동사잖아요. 너무 귀엽지?"

"근데 너 그거 알아? 옛날 여기 봉사자 중에 학생이랑 사귄 사람이 있었대."

그 말을 먼저 꺼낸 건 혜란이었다. 우리 사이에 침묵이 감돌았다. 나는 혜란이 그런 말을 갑자기 해서 몹시 놀랐는데, 평소에는 늘 우리 사이를 중재해주는 역할을 하는 이가 바로 혜란이었기 때문이었다. 하지만 그런 말을 하는 이유도 어느 정도는 알 것 같았다. 혜란은 원래도 조금 보수적인 편이기는 했다. 늘 우리에게 해서는 안 되는 일들에 대해 일장연설을 늘어놓았고 자신이 말한 것에 대해서는 꼭 지키려고 노력하는 편이었다. 그러니까, 바른 것과 바르지 않은 것을 늘상 구분하는 사람이었다. 그렇다고 하더라도, 혜란이 이렇게까지 직접적으로 말을 꺼내는 건 드문 일이었다.

석이는 표정을 숨기지 못했다. 그래? 말하는 목소리 톤이 평소답지 않게 몹시 높았다. 그리고 선글라스를 벗은 채 동그랗게 뜬 눈으로 혜란을 쳐다봤다. 평소 석이는 바깥에 돌아다닐 때 절대로 선글라스를 벗지 않았다. 강한 햇빛이 눈 건강에 좋지 않다는 이유 때문이었다. 그런 석이가 잔뜩 찌푸리고 손차양까지 만들어가며 혜란의 표정을 살피는 모습은 낯설게 느껴지기만 했다.

"응, 난 좀 징그러워."

"그러게 징그럽다, 야."

혜란의 말에 석이가 웃으며 맞장구를 쳤다. 그리고 나와 혜란, 석이는 한동안 아무 말도 하지 않고 가게까지 걸어갔다. 우리는 삐셋이 오기 전에 먼저 커피를 시켰다. 커피를 마시면서 중간중간 누군가는 말했고 누군가는 웃었다. 정작 서로의 말을 귀담아듣고 있지는 않았다. 나는 그때 포털 사이트의 시시껄렁한 연예 기사들을 눌러 보고 있었다. 검색어 순위 상위권에 노출되어 있는 것들은 부러 눌러보지 않았다. 진상 규명과 침몰, 구조와 같은 단어만 봐도 마음이 좋지 않았기 때문이다. 얼마 지나지 않아 삐쎗이 가게 안으로 들어왔다. 삐쎗은 조금 기분이 좋지 않아 보였고 그건 우리도 마찬가지였기에 그의 기분에 대해서는 별다른 말을 나누지 않았다. 그런데 먼저 말을 꺼낸 건 삐쎗이었다. 그는 방금 나온 자신의 커피에 설탕을 타면서 말했다.

"너무 안타까워요."

"뭐가?"

"한국에서 일어난 사건이요."

나는 잠시 당황했고 혜란과 석이도 그런 것 같았다. 삐쎗은 말을 이어나갔다.

"2010년에 프놈펜에서도 큰 사건이 있었어요."

"무슨 사고?"

혜란이가 물었다.

"꺼삑섬에서 큰 물축제가 열리는 날이었는데 사람들이 먼저 입장하려고 마구 뛰었어요."

"그런데?"

내가 물었다.

"사람들이 순식간에 다리 위로 달려들었고 그

래서 엄청 많이 죽었어요."

"어떻게?"

석이가 물었다.

"다리에 끼여서요."

끼여서? 우리 중 누군가가 물었다. 그러자 삐썻이 살짝 인상을 찌푸리며 네, 끼여서요, 라고 대답했다. 아마 삐썻은 더 정확한 단어를 찾고 싶었을 것이다. 하지만 고민 끝에 결국 끼여서요, 라고 다시 한 번 대답했다. 나와 혜란, 석이는 그게 무슨 말인지 이해하기 위해 한동안 애써야 했다. 그러니까, 말도 안 된다고 생각했던 것이다.

"그거랑 이거는 다르지. 뭐 그런 죽음이 다 있어."

석이가 말했다. 헛웃음을 들이켠 것 같기도 했다. 나와 혜란은 달리 어떤 말을 해야 할지 몰라 침묵을 지키고 있었는데 석이가 먼저 조금 불퉁한 목소리로, 그렇게 얘기했다. 삐썻이 석이를 쳐다봤다. 그때 우리가 주문했던 쌀국수 네 그릇이 한꺼번에 나왔고 나와 혜란은 냉랭한 분위기 속에 쉽사리 젓가락을 들지 못했다. 혜란은 모르겠지만, 적어도 나는 속으로 석이의 말에 동의하고 있었던 것 같다. 맞아, 그거랑 이거는 다르지. 우리조차 쉽사리 말할 수 없는 사건을 캄보디아 사람이, 하필 그런 식으로 부려놓는 것이 못마땅하게 느껴졌던 것이다. 그렇게 테이블 위에는 침묵이 이어졌고 먼저 삐쩟이 침묵을 깼다.

"병도 그렇게 죽을 수 있어요."

그러더니 한참 말을 어…… 음…… 고르다 약간 지친 목소리로 다시 말했다.

"미안해요. 그런데, 어떤 죽음은 그런 식이기도 해요. 다를 게 없어요."

그날 석이는 음식을 절반도 먹지 못하고 남겼고 종국에는 하얗게 질린 얼굴로 먼저 자리에서 일어났다. 몸이 좀 아픈 것 같다고 했다. 우리는 별말 하지 않았고 삐쩟은 황급히 나가는 석이의 뒤를 쫓아갔다.

*

"참사는 세계 곳곳에서 끊임없이 반복될 거야. 이렇게 잊히기만 한다면 말이야."

석이가 단호한 얼굴로 말했다. 많이 변했다는 얘기를 듣긴 했지만, 이 정도일 줄은 몰랐다. 나와 혜란은 고량주를 끊임없이 자신의 잔에 따르며 말을 멈추지 않는 석이를 힐끗 쳐다보며 서로에게 눈짓했다. 나와 혜란은 종종 야밤에 석이의 부재중 전화가 찍혀 있는 걸 보고도 모른 척했다. 한번 전화를 받았다가는 좀처럼 통화가 끝나지 않았기 때문이었다.

"사람은 일어섬과 주저앉음을 반복해. 마치 문

명처럼. 그걸 자잘한 단위로 쪼개서 사사로운 일
들을 인과적인 사건으로 치부하는 거잖아."

석이는 혜란이 청첩장을 주는 자리에서 분명 그
렇게 말했다. 연희동에 위치한 중식당에서. 나는
그런 석이를 부드럽게 타이르려고 애쓰면서도 얘
가 도대체 뭘 말하고 싶어 하는지 이해하려고 하
지 않았다. 어쩌면 그게 문제였을 수도 있다. 타이
르려고 애쓰면서도 이해하려고 애쓰지 않았던 것.

"석이야, 좋은 날이잖아."

"누군가의 죽음에 그렇게 쉬운 방식으로 비극
과 우연이라는 단어를 맥락 없이 갖다 붙이면서
단순한 사고라고 얘기해버리는 게 너무 의아해."

"너 요즘 힘들어?"

"어, 힘들어. 세상이 말도 안 되는 일투성이라
서."

"그럼 도대체 어떡하자는 건데. 일어난 일을."

나는 분명, 석이에게 그렇게 말했다. 어떡하자
는 건데. 일어난 일을. 어쩌자고 그런 말을 해버렸
던가. 나는 그때 석이의 표정을 잊을 수 없다. 하지
만 그때는 분명 나의 입장도 있었다. 그런 말을 해

버리게 된 입장. 혜란이 청첩장을 주는 날이었고, 나는 그때까지도 내 주변 사람들에게 엄마가 투병 중이라는 사실을 알리지 않았다. 그러니까 그날은 혜란에게는 분명 기쁜 날이었지만, 나와 석이에게는 별다를 것 없이 불행한 날이기도 했다는 뜻이다. 중식당 테이블은 빠르게도, 느리게도 회전하다가 나중이 되어서는 좀처럼 돌아가지 않았다.

결국, 혜란은 자장면 그릇에 고개를 처박고 울었다. 석이 대신 내가 미안하다고 거듭 사과했다. 혜란은 아니라고, 너희 때문이 아니라고 했다. 그러면서 중얼거렸다.

"삶이 어떤 식으로든 망가지는 게…… 너무 이상하잖아."

나와 석이는 결혼을 앞둔 채 그런 말을 하는 혜란에게 아무 말도 해줄 수 없었다. 어찌 됐든, 분명한 건 우리가 혜란의 기분을 어떤 식으로든 망쳤다는 것이다. 그 당시 우리는 남의 마음은 알려고 하지도 않은 채 자기 마음에만 골몰했다.

나는 녹사평에 살던 석이가 전철로 한 정거장 떨어진 이태원에서 일어난 사건을 어떤 식으로 받아들이는지 알고 싶지 않았다. 그런 일까지 세세하게 알기에는 내 마음이 너무 괴로웠다. 그래서 그 시간에 지하철로 이태원역을 지났다는 이유만으로 마치 제 일인 것마냥 고통스러워하는 석이를 이해하려 하지 않았다. 석이는 사건이 있고 나서 종종 술을 마시고 내게 전화를 해왔다.

"목격자 중 한 명은 태어나서 처음으로 심폐소생술을 해봤대……. 쓰러져 있는 사람이 온몸에 감각이 없다고 해서 팔다리를 주물러줬다는 거야. 하염없이.

어떤 사람은 죽어나가고, 어떤 사람은 죽어나가는 사람을 살리기 위해 애를 쓰는데, 나는 꾸벅꾸벅 졸면서 내 머리 위에서 무슨 일이 일어나는지도 몰랐어. 그날 내가 이태원에 갔으면 어떤 일을 겪었을까. 나는 신촌에 있었어. 이태원이 아니라. 그건 정말이지, 놀랍도록 가혹한 일이야. 시시껄렁한 영어회화 모임에 갔고, 으레 그랬듯 핼러윈 파티를 즐겼어.

축일이잖아. 원래 핼러윈은 새로운 태양이 떠오르기 바로 전날을 의미했대. 그런데 어쩌다 그 수

많은 태양이 져버렸어. 그 사람들도 그저 즐기려
고 그곳에 간 건데. 심지어 이태원은 늘 사람이 붐
비는 곳이잖아. 특히 핼러윈에는 말이야. 그러니
까…… 내 말은, 충분히 많은 인파가 몰릴 걸 예상
할 수 있는 날이었고, 어쩌면 막을 수도 있는 참사
였다는 거야. 그날에…… 동이야…… 알아. 두서
없는 거. 그렇지만…… 기억나? 프놈펜 숙소에서
배가 침몰하는 광경을 생중계로 봐야 했던 그날.
나 자꾸 그날이 생각나. 이런 일들이 되풀이되는
건 정말이지, 말이 안 되잖아. 그때 나는 내가 이렇
게 괴로운 게 내 연약한 마음의 문제라고만 생각
했어. 근데 이번에 깨달은 거야. 이건 내 마음의 문
제가 아니라고."

그때 나는 요양병원에서 엄마를 간병하고 있었
다. 화장실에서 엄마의 궁둥이를 닦으면서, 한 시
간에 한 번씩 겁에 질려 눈을 번쩍 뜨는 엄마의 손
을 붙잡고, 고통에 몸부림치는 비명을 들으며 생
계를 위해 얼굴도 모르는 이의 자기소개서를 대신
써주는 나날들 속에서 내가 석이에게 무슨 말을
해줬던가?

"너 너무 격양되어 있어."

그런 말을 했던 거 같다. 그 시절, 엄마는 한 시간에 한 번씩 잠에서 깼다. 일어날 때마다 소리를 질렀다. 나는 엄마의 증상을 구체적으로 알기 위해 묻기 시작했다.

"아파서 그래? 불안해서 그래?"

그러다가 점차 질문은 간소화됐다.

"마음이야? 통증이야?"

엄마는 내게 그때그때 간신히 대답했다. 이건 마음, 이건 통증. 그제야 내가 아픈 엄마에게 참 웃기는 질문을 했다는 걸 깨달았다. 마음과 통증은 어떤 관점에서 동일한 맥락이다. 나는 그걸 한 번도 살핀 적이 없었다.

결국 나와 혜란의 문제는, 어떤 식으로든 석이의 마음과 고통을 함부로 가늠하려고 했다는 것. 바로 그것이었다. 이해하는 것과 가늠하는 건 전혀 다른 문제였다. 20대를 훌쩍 지나 30대가 되어버린 석이가 이전과 어떻게 다른 마음으로 어떤 생각을 하고 결정을 내렸을지 이해하려 애쓴 적이 단 한 번도 없었다. 아주 구체적으로 말하자면, 석이가 왜 그것에 격양되어 있었는가에 대해서.

나와 혜란, 삐쎗은 서로의 앞에 놓인 음료를 거의 마시지 않았다. 나는 컵에 맺힌 물방울에 시선을 둔 삐쎗을 쳐다보며 우리는 아주 사소한 기억에 얽매인 채 정작 중요한 걸 돌이켜 보지 못하는 존재라는 생각을 했다. 나와 혜란은 석이가 삐쎗을 찾아갔을 것이라고, 아주 능동적으로 생각했으면서도 그 이유에 대해서는 별로 능동적으로 생각하지 않았다. 그러니까, 아주 어릴 적 우리가 갖고 있던 기억에 의존해 지금의 석이의 모습을 우리 식대로 만들어내고 생각의 흐름을 판단하고 있었던 것이다. 석이가 삐쎗을 찾아갔을 거라던 나와 혜란의 추측은 들어맞았지만, 석이가 어떤 마음으로 갔을지에 대해서 생각하지 않았으므로 그건 명백하게 틀린 게 되었다. 나는 삐쎗의 말을 들으며 그 사실을 상기했다.

"벙은 끄로들이 자신을 직접 찾아오길 바라고 있어요. 저한테 그런 말을 했거든요. 때때로 잊히지 않는 것이 바로 영원이라고."

나와 혜란은 고개를 끄덕였다. 그러니까, 석이

가 우리 둘을 이곳으로 부른 거구나. 거기까지 생각이 미치자 조금은 안심이 되었다. 그러고 나서야 이제는 석이의 마음을 조금이나마 알 것 같았다. 계산을 마치고 삐썻을 카페에 남겨둔 채 먼저 나섰다. 이제 가야 할 곳이 정해졌다. 혜란은 평소와 달리 유난스럽게 선크림을 바르지도, 모자를 쓰지도 않았다. 나와 혜란은 카페 앞에서 어떻게 그곳에 도달해야 할지 아무런 생각도 하지 못한 채 서 있었다. 이곳 프놈펜이 몹시 낯설게 느껴지면서 꼭 이국에 덩그러니 버려진 것 같은 느낌이 들었다. 석이가 얄밉게 느껴지기도 했다. 우리를 왜 이곳까지 불러들여 일을 키우는 걸까. 영원에 대한 말도 영 아리송하게만 느껴졌다. 혜란은 지나가는 오토바이들을 구경하고 있었다. 내가 불퉁하게 말했다.

"석이는 피곤한 사람이야."

"그래도 석이는 그런 게 어울려."

"정말 그렇게 생각해?"

내가 묻자 혜란이 고개를 끄덕였다.

"사실 난 한 번도 행복한 적이 없어. 물론 불행

한 적도 없고. 그런데 그건 그렇게 생각하는 나의 문제겠지?"

나는 혜란에게 대답했다.

"삶이란 건 원래 손바닥 뒤집듯 하는 거니까."

"그런데 나는 그 손바닥이 말이야, 잘 안 뒤집혀."

"그래? 그럼 항상 아무렇지도 않아?"

"아니, 사실 불행한 쪽에 더 가깝지."

혜란이 건조하게 대답했다. 나는 사실 오래전부터 알았던 것 같다. 혜란이 행복하지 않다는 것을. 그런데 그냥 모른 척했다. 나는 문제 해결에 꽤나 집요한 편이기 때문에, 문제의 층위를 따져서 파고들 것과 아닐 것을 구분하며 마음을 다잡았다. 어쨌든 지금 우리는 돌아오지 못할 길로 들어섰고 그건 결코 나의 문제가 아니다. 나는 언제든 집요해질 준비가 되어 있었다.

휴대폰으로 구글에 꺼삑섬 압사 사건을 검색했다. 2010년 11월 22일, 본 옴 뚝 물축제를 즐기기 위한 인파가 꺼삑섬에 몰려들었고 네 개밖에 없는 다리에 군중 정체 현상이 발생했다. 경찰은 다리에 정체된 군중들을 향해 물대포를 발사했다. 어쩌자고 경찰들은 물대포를 발사했을까. 사람들은 쏟아지는 물대포를 맞으면서 점점 더 패닉 상태에 빠졌다고 했다. 건조한 문체의 기사를 통해서도 끔찍한 그날의 광경이 날것 그대로 전해졌다. 석이가 어떤 연관성을 찾았는지 알 것 같았다. 그렇다고 하더라도…… 나는 석이가 이곳에 올 수밖에 없었던 이유에 대해 생각하려 애썼고 그러니까 정말 신기하게도 그 마음이 조금은 이해가 갔다. 혜란도 마찬가지였는지 내게 말했다.

"동이야, 나, 알 것 같아."

어떤 기억을 집요하게 추적하다 보면, 그것이 정말 물성을 지닌 무엇처럼 느껴지게 된다. 생생하게 만져지는 감각, 흐르는 기류, 시시껄렁했던 나의 마음 같은 것들. 그러니까 기억을 추적하는 과정은 고통 그 자체이지만, 그 고통 너머에 존재하는 희미한 마음이 있다. 건너보는 마음, 살펴보는 마음, 그 기억을 안고 내일을 살기 위해 다짐하는 마음들. 나는 엄마의 작은 고통 하나하나를 놓치지 않기 위해 최선을 다했다고 자부하지만, 그

이면에는 지독한 후회들이 얇은 페이스트리 생지마냥 겹겹이 얽혀 있다. 사실, 엄마가 아픈 동안 나는 수도 없이 엄마에게 화를 냈으니까.

수동식 병원 침대를 하염없이 올렸다 내렸다 하며 웬만하면 그냥 불편하게 자라고 소리를 질렀다. 담배 한 대만 달라는 엄마에게 그것조차 내어주지 못할 담력으로 엄마를 살려보겠다고 대학병원으로 응급실로 한방병원으로 거동도 못 하는 엄마를 이리저리 끌고 다녔다. 나는 최선을 다한다고 했던 것들이 최선이 아니었을지도 모른다는 기억. 그 기억은 집요하게 파고들수록 쪼개져 나를 아프게 했다. 하지만 파고들지 않으면 안 되었다. 잊을 수는 없으니까. 기억하지 않으면 그냥 잊어버리겠다는 것인가? 엄마가 그토록 두려워한 것이 영영 잊히는 것이었는데.

나는 프놈펜에서 있었던 일들의 절반 이상을 부러 잊고자 했다. 그것이 나의 마음에 더 좋을 것이라고 생각했기 때문이었다. 하지만 함부로 잊은 기억은 이렇게, 어떤 방식으로든 매서운 바람이 되어 가슴을 시리게 한다. 왜 나는 그곳에 있는 기억을 꺼내놓는 것이 그렇게나 두려웠던 걸까?

3. 캄푸찌와 꼬레이

나와 혜란, 석이는 그 이후로도 열심히 아이들을 가르쳤다. 하지만 우리는 교육 전공자가 아닌데다가 국어, 영어에도 전문가가 아니었기에 높은 학년의 아이들일수록 가르치는 것이 버겁게 느껴지기만 했다. 그럴 때마다 나와 석이, 혜란은 스스로의 무지를 탓하기보다는 대학생들을 데려다가 무급으로 교육 봉사를 시키는 선교사를 탓했다. 사실 그게 더 마땅한 쪽이기도 했고 비난하기 가장 쉬운 대상이었기 때문이다. 시스템에 대해 비판적인 목소리를 얹는 건 대부분 옳았고 그런 태도는 너무도 쉽게 전염되었다. 문제가 아닌 건 아니니까. 하지만 그렇다고 해서 우리의 문제도 문제가 아닌 것은 아니었는데. 석이는 어느 날 불쑥 이 문제에 대해 이야기를 꺼냈다.

"나는 우리 위치가 굉장히 애매하다고봐."

"어떤 위치?"

"첫째, 남을 가르칠 처지가 못 된다, 둘째, 근데 가르치겠다고 와 있다, 셋째, 애들이 우리를 선생님이라고 부른다, 넷째, 이제 와서 뭐라도 해보기에는 돌아갈 날이 얼마 남지 않았다."

그러자 혜란이 곰곰 생각하다가 볼멘소리로 말했다.

"나는 어떤 학생한테 5형식을 설명해줬는데, 그친구는 5형식에 대해선 모르면서 5형식으로 말을 하고 있더라고. 그러면서 나보고 왜 이걸 꼭 알아야 하냐는 거야. 세상에, 얼굴이 확 달아오르더라니까."

"그거 기싸움이야."

"아무래도 그렇지?"

"그런데, 그런 싸움을 도대체 우리가 왜 하느냐고."

"게네도 마뜩찮은 거지."

"뭐가?"

"우리 같은 애들이 자기를 가르친다는 게."

나와 혜란, 석이는 바쁘게 흘러가는 일상 속 미묘한 고충에 대해 토로하며 반쯤은 선교사 탓을 했고 반쯤은 학생들 탓을 했다. 그때 우리는 더위에 지쳐 있었고, 일상에 무료함을 느끼고 있었으며, 붕 뜬 직위를 유지한 채 억지로 누군가를 가르치는 행위 자체에 대해 스스로 모멸감을 느끼고 있었다.

그즈음 나는 3학년의 안나라는 여자아이와 부쩍 가까워졌는데, 깡마른 몸에 벙벙한 사이즈의 교복을 입고 다니던 아이였다. 안나는 처음에는 내게 새침하게 굴다가 언젠가부터 수업이 끝난 뒤에도 졸졸 쫓아와 자신이 가진 물건 이것저것을 구경하게 해주었다. 리본 장식이 달린 머리띠라든지, 큼직한 알이 박힌 화려한 목걸이 같은 것들. 한 번은 내게 먹고 있던 간식을 준 적이 있었는데 빨간 양념이 뿌려진 초록색 망고였다. 나는 한 입 먹고 충격적인 신맛에 일그러지는 표정을 숨길 수 없었는데, 그걸 보고 안나는 깔깔 웃어댔다.

안나는 수업이 끝났는데도 도무지 집에 갈 생각을 하지 않았다. 운동장에 있는 철봉에 매달려 한참을 혼자 끙끙대거나 흙을 파거나 짓밟고 있었다. 나는 그것이 노는 건지, 시간을 때우는 건지 알 수 없었다. 그래서 종종 안나 옆에 서서 거뜬히 철봉 위에 매달리는 모습을 바라보고 박수를 쳐주거나 함께 흙을 팠다. 그러던 어느 날 안나가 나에게 말했다.

"선생님, 커피를 마셔보고 싶어요."

"그건 안 돼. 넌 아직 어리잖아."

내가 짐짓 단호한 표정으로 말하자 안나가 볼을 부풀리며 심통맞은 표정을 지어 보였다. 그러면서 이렇게 물었다.

"왜 커피는 어른들만 마셔요?"

나는 곰곰 생각했다. 그것은 카페인 때문이기도 했고, 그것은…… 어른들이 정해놓았기 때문이기도 했다. 그러다가 문득 한국의 초등학생 아이들이 공부를 위해 수시로 아메리카노를 '수혈'한다는 뉴스 기사를 본 기억이 났다. 커피 한 잔을 나눠

먹는 것 정도는 어떻겠나 싶었다. 그래서 나는 안나를 데리고 학교 밖으로 나가 카페에서 연유 커피 한 잔을 시켜놓고 야외 테이블에 함께 앉았다. 안나는 의자에 앉아 두 다리를 휘적거리며 웃었다. 그리고 물었다.

"선생님은 깜푸찌 좋아해요?"

"그럼. 너는? 꼬레이가 좋아?"

"당연하죠. 꼬레이는 저를 가르쳐주잖아요."

해맑은 안나의 말에 나는 또 한 번 이상한 자괴감을 느꼈다. 모든 깜푸찌가 좋은 사람이 아니듯이, 모든 꼬레이도 좋은 사람은 아니다. 이런 식의 대화를 통해 느낄 수 있는 것은 안나가 꼬레이에게 느끼는 미묘한 층위였다. 또한 꼬레이가 어떤 마음으로 안나를 대했을지에 대한 의구심도 지울 수가 없었다. 꼬레이는 안나에게 대부분 친절했을 테지만, 나는 그 친절함이 결코 안나를 위한 것만은 아니었을 거라고 확신했다. 그러니까, 여기 오는 사람들은 대부분 어떤 만족감을 느끼기 위해 온다. 나와 혜란, 석이가 그랬듯이. 아이들은 사랑받고 싶어 하고, 어른들은 사랑을 주고 싶어 한다.

결국 그런 니즈가 맞아서 그렇게 된 것일 뿐이다. 그리고 그 사이에는 무의미한 동경과 시혜, 엇나간 애정들이 미묘하게 섞여 있을 것이다.

나는 테이블에 놓인 커피 한 잔을 안나에게 건네주었다. 안나는 조심스럽게 커피를 한 모금 마시더니, 눈이 동그래졌다. 그리고 엄지를 치켜들었다. 나는 그런 안나가 귀여워 웃다가 나도 한 모금 쭉 빨아 마셨다. 어른이 된 것 같아요. 그렇게 말한 안나는 저 멀리 바울학교의 풍경을 바라보더니 속삭였다.

"원래는 여기가 다 킬링필드였어요."

"킬링필드?"

내가 놀란 얼굴로 묻자 안나가 진지하게 고개를 끄덕였다.

"여기서 많은 사람들이 죽었어요."

짧은 영어로 말하는 안나에게 나는 어떠한 대답도 해주기 어려운 마음이 되었다. 크메르 루주가 집권한 1960년부터 1970년대 자행된 대량 학살은 상상도 할 수 없는 규모였고, 국민의 4분의 1이 죽어나갔을 정도라는 말이 있었다. 안경을 썼다는

이유로, 손이 부드럽다는 이유로, 심지어 배가 나
왔다는 이유로 지식인 취급을 받으며 학살당한 이
사건은 바로 지금, 내 눈앞에 있는 안나의 가족들
에게도 분명 일어났을 일일 것이다.

"캄푸찌들은 그래서 공부를 안 해요."

누구에게 들었는지 모를 안나의 그 말은 내 가
슴을 더욱 아프게 했다. 나 또한 그 역사를 알고는
있었지만, 바울학교의 운동장이, 그 앞의 공터가,
건너편의 시장 바닥이 전부 킬링필드였을 거라
는 상상은 하지 못했다. 어렸을 적 서대문형무소
에 견학을 갔을 때가 떠올랐다. 수많은 사람들이
잔인한 방식으로 고문을 당하고 죽어나가던 곳에
서 아이들은 삼삼오오 모여 뛰어다니고 장난을 쳤
다. 나는 그때 당시 친구가 없었다. 그래서 혼자 선
생님의 꽁무니를 쫓아다녔는데, 주로 바닥을 보고
다녔다. 유심히 보다 보면 그 바닥에 남겨진 발자
국을 볼 수 있을 것만 같아서……. 오래전 떠난 사
람들의 발자국을 찾기 위해 유심히 차가운 바닥을
헤매던 시절이, 나에게도 있었던 것이다. 나는 안
나에게 꼬레이 또한 그런 비슷한 일을 겪은 적이

있다고 얘기해주고 싶은 마음이 들었지만 나의 영어 실력으론 그 모든 일을 설명하기는 어려웠다.

"안나, 여기서 뭐 하니?"

교장이었다. 시장에서 장을 보고 온 듯 양손 가득 식료품을 든 채였다. 안나는 큰 눈을 데굴데굴 굴리며 어색하게 웃어 보였다. 나는 얼른 안나 앞에 있는 커피를 내 앞으로 치우고 인사를 했다. 그러자 교장이 안나에게 얼른 집으로 가라고 이른 뒤, 나에게 잠깐 시간을 내줄 수 있겠냐고 물어왔다.

*

나와 혜란이 택시를 잡을 동안, 삐쩟은 카페에
서 나와 우리 주변을 맴돌더니 조심스럽게 자신도
함께 가는 것이 어떻겠느냐고 제안했다. 나는 조
금 망설였지만, 혜란은 그러자고 했다. 함께 석이
를 찾아보자고. 그렇게 택시를 타고 가는 동안, 나
와 혜란, 삐쩟은 잠시간 아무 말도 하지 않았다. 그
러다 삐쩟이 먼저 침묵을 깼다. 삐쩟의 말은 두서
가 없었다. 졸업 후 자기가 왜 바울학교에서 일하
게 되었는지, 어떤 사람들이 다녀갔는지에 대한
그런 말들……. 그러다가 정말 자기가 하고 싶은
말을 했다. 끄로, 저는 유학을 가고 싶어요. 하지

만 돈이 없어요. 그런데 마마가 몇 년간 학교에서 일을 도와주면 유학을 보내준다고 했어요. 그런데 아직까지 가지 못하고 일을 하고 있는 거예요. 저는 평생 마마 눈치를 보며 살았어요.

마마라니. 나는 삐쎗이 교장을 마마라고 부르는 걸 처음 들었다. 혜란도 그런 것 같았다. 우리의 반응을 살피던 삐쎗이 사실 마마라고 부른 지는 아주 오래되었다고, 마마가 그것을 원했다고 우리에게 말했다.

"석이도 그걸 알아?"

내가 묻자 삐쎗이 고개를 끄덕였다. 공원에 갔을 때, 졸업하고 얼른 마마의 곁을 떠나라고 말해준 이가 바로 석이였다면서. 하지만 마마는 자신의 전부였다고, 삐쎗이 쓸쓸한 표정으로 말했다. 나와 혜란은 더 이상 그 이야기에 대해 묻지 않았다. 그 당시에도 나와 혜란은 교장의 이상한 행동을 이미 눈치채고 있었다. 어떨 땐 아이들을 과하게 사랑하는 것 같았지만, 어떨 땐 무섭도록 선을 그어가며 자신이 원하는 것과 원치 않는 것을 분명하게 표현하는 것 같았기 때문이었다.

"그 사람이 너한테 뭘 해줬는데?"

"모든 걸요. 마마는 절 사랑해요."

"페이는 줬어?"

"조금요."

"유학은 언제 보내준대?"

"자꾸 곧 보내준다는 말만 해요."

나와 혜란은 황당하다는 표정으로 당장 바울학교를 나오라고 삐쎗에게 말했다. 그러면서 교장에 대한 험담을 하기 시작했는데, 우리가 교장을 깎아내리는 말을 할수록 삐쎗의 표정이 굳어갔다. 그러다 결국 우리에게 나직한 목소리로 한마디를 던졌다.

"끄로들은 캄푸찌를 위해 헌신하면서 이렇게 평생을 살 수 있어요? 그게 종교의 힘이든 뭐든 간에요."

나와 혜란은 잠시 서로를 바라보다가 아무 말도 하지 않았다. 택시는 다시 조용해졌다. 차 옆으로 수많은 오토바이들이 어디론가 향하고 있었다. 나나 혜란은 우리가 지금 어딜 가고 있는 건지조차도 잘 몰랐다. 우리는 무작정 삐쎗 하나를 믿은 채로 어디론가 향하고 있었던 것이다. 그러니까, 산다는 게 어떻게 보면 그 자체로 무모할지도 모른다는 생각이 들었다. 그러다 문득, 혜란이 말했다.

"사실, 나도 내 삶을 누군가에게 짐 지운 채로 평생을 살아왔어."

그렇게 혜란은 나와 삐썻에게 엄마가 운영하던 약국에 대한 이야기를 해주었다. 새벽부터 시작해 온갖 약들을 진열하고 조제해온 엄마의 곁에서 잠을 자고 밥을 먹고 공부를 하던 자신의 어린 시절에 대해. 결혼 6개월 만에 사별한 남편의 빈자리를 채우기 위해 어딜 가든 혜란을 데리고 다니곤 했던 엄마에 대해. 그리고 그 집착이 도를 넘었다고 느꼈을 때는 이미 늦었다는 걸 깨달아버린 일에 대해.

"나는 남편하고 이혼할 거야. 그리고 엄마랑 최대한 멀리 떨어진 곳에 가서 살 거야. 그게 내가 할 수 있는 최선의 일이야. 그건 내 불행과 엄마의 불행을 동시에 책임지는 일이거든."

다 저마다의 방식으로 책임을 지고 사는구나, 그런 생각을 할 즈음 택시는 어느덧 다리를 건너고 있었다. 꺼삑섬이에요. 사건이 일어난 다리는 여기서 좀 더 가야 해요. 삐쩟이 말했다. 뜨거운 햇살이 녹색 강을 샅샅이 비추고 있었다. 나는 완벽히 발가벗겨진 사람이 된 것처럼, 낯이 뜨거워졌다. 이 작은 네 개의 다리들을 400만 명 넘게 건너게끔 방치한 것도 이해가 되지 않았고 350명 이상이 사망할 동안 신속한 대처는커녕 물을 뿌려댔다는 것도 말이 안 되는 일처럼 느껴졌다. 또다시 내가 석이에게 한 말들이 나를 찌르기 시작했다. 그래서 도대체 어떡하자는 건데, 이미 일어난 일을.

"란아."

"응?"

"너 지금은 어떤 손바닥이야?"

"손바닥?"

"움직이지 않고 불행한 손바닥 그대로야?"

그러자 혜란이 곰곰 생각해보더니 대답했다.

"아니, 조금 다른 것 같아."

"뒤집힐락 말락?"

혜란이 고개를 끄덕였다.

"나도 그래. 왜 그럴까?"

"내가 조금씩 움직이는 것 같아서."

"맞아. 뭔가 정말로, 건너가는 기분이야. 진짜 다리 말고, 보이지 않는 저 먼 다리를 말이야."

*

교장은 자신의 사무실에 나를 먼저 앉히고는 구석에 조그맣게 마련돼 있는 탕비실에서 커피를 끓였다. 물이 끓자 좋은 냄새가 퍼지기 시작했다. 나는 무더운 날씨에 따뜻한 커피를 끓이는 교장이 이해가 가지 않았지만, 그래도 냄새는 좋다고 생각했다. 그러면서 주위를 둘러봤는데, 바울학교의 기물들과 달리 교장실에 있는 모든 가구와 가전은 비교적 최신의 것이었고 한눈에 봐도 고급스러워 보였다. 교장은 내가 조용히 소파의 팔걸이를 쓸어보는 모양을 보더니 웃으며 말했다.

"그것도 기증받은 거예요."

나는 달리 할 말이 없어서 조용히 고개를 끄덕거렸다. 그러자 교장이 이것도, 이것도, 이것도 하며 자신의 방에 있는 온갖 물건을 가리켰다. 나는 탕비실에 놓인 깨끗한 전자레인지를 보며 학교 식당에 있는 20년도 더 되어 보이는 전자레인지를 떠올렸다. 코팅된 안쪽이 전부 까져서 뭐라도 돌리면 온갖 유해 물질이 쏟아져 나올 것 같던 그 전자레인지를. 나와 혜란, 석이 중 누구도 그 전자레인지를 사용하지 않았다.

교장은 내게 커피잔을 내밀면서 내가 고생하는 걸 충분히 알고 있다고 말했다. 나는 그 말이 전혀 진심으로 들리지 않았는데, 왜냐하면 교장은 우리가 무언가를 가까스로 해낼수록 더 강도 높은 업무들을 아무렇지 않게 요구하곤 했기 때문이었다.

"이곳 프놈펜에서만 30년을 있었어요. 혈혈단신으로 여기 와서 결혼도 하지 않고 애들을 내 자식처럼 생각하며 사랑으로 버텼죠."

"대단하시네요."

"그런 말 들으려고 하는 말 아니에요. 그러니까, 나는 여기 아이들을 누구보다도 잘 안다는 말을 하는 거예요."

나는 '여기' 아이들이 어떤 아이들인지 이해할
수 없어 쉽사리 대답을 하지 못했다.

"그런 거 사주지 마세요."

"왜요?"

"불필요한 일이니까요."

단호한 교장의 목소리에 나는 어쩐지 반발심이
들었고, 그 자리에서 일어나 교장에게 화를 쏟아
내기 시작했다.

"교장 선생님, 지금 교실 상황이 어떤지 아세요?
애들은 전혀 공부를 할 의지가 없어요. 한 반에 40명
이 넘는 아이들이 득실거리는데 통제가 되겠어
요? 애들이 저한테 말해줬어요. 안나가 에이즈에
걸렸다고요. 그런 소문을 듣는 당사자는 기분이
어떨 것 같아요? 그렇게 사랑으로 버텼다는 분이,
도대체 아이들 마음을 헤아리기나 하시는 거예
요?"

교장은 안색 하나 변하지 않고 반대편 소파에
앉아 커피를 호로록 마셨다. 그리고 보일 듯 말 듯
웃음을 지었다. 그러더니 부드러운 목소리로 내게

말했다.

"그런 애, 한둘 아니에요."

"네?"

"지금 그래서 안나에게 달콤한 커피 한 잔을 사주면 뭐가 달라지나요?"

나는 아무 말도 할 수 없었다. 그 자리에서 얼굴이 새빨갛게 달아오르기 시작했다. 그제야 나는 교장의 태도에서 나오는 묘한 위엄의 정체에 대해서 알게 되었다. 그건, 우리가 절대로 범접할 수 없는 세월 동안 자신이 만들고 지켜온 규칙과 제도에 대한 자부심이었다. 교장은 내 손을 잡더니 나를 다시 소파로 앉혔다.

"저도 그랬던 적이 없었겠어요?"

교장은 나에게 처음 유치원을 운영할 때 이야기를 해주었다.

"아이들이 점점 영악해져요. 하도 안타깝던 아이에게 돈 몇 푼을 몰래 쥐어준 적이 있는데, 그 이후부터 시도 때도 없이 몸을 비비 꼬며 손을 내밀고 불쌍한 척을 하더라고요. 그럴 때마다 돈을 쥐여줬어요. 그렇게 된 건 그 애의 탓이 아니니까요.

그런데, 어느 순간 그 애가 제 지갑에 손을 대더라고요. 그제야 잘못된 일이라는 걸 알았죠. 그 아이를 도둑으로 만든 건 다름 아닌 저였어요."

"하지만, 안나는……."

"안나가 그 애와 다르든 같든 그건 중요하지 않아요. 저는 책임의 문제에 대해 이야기하고 있는 거예요. 동이 씨는 안나의 청소년기를 책임질 사람이 아니잖아요."

나는 교장의 말에 아무 대답도 할 수 없었다. 내가 책임질 사람이 아닌 것은 맞았다. 나는 그럴 사람이 될 수 없었다. 뭐라 항변하고 싶었으나 그럴수 없었다. 두려워서. 무엇이? 교장이 내 마음을 낱낱이 밝히는 것이 두려워서? 실제로 여기 올 때까지만 해도 그저 4개월간 가볍게 아이들을 가르치다가 좋은 기억만 갖고 돌아가고자 했으니까? 그럼 나는 도대체 아이들에게 어떻게 기억되어야 할까? 금방 잊힐 수 있도록 있는 듯 없는 듯 그런 사람이 되어야 할까? 나는 복잡한 마음으로 교장실을 나왔다. 저 멀리 교문에서 안나가 쭈뼛거리며 서 있는 모습이 보였다. 나는 못 본 척 고개를 돌리고 숙소를 향해 천천히 걸어갔다.

*

 얼마 전에 세례를 받았다. 아주 어렸을 때 엄마가 나를 성당에 데리고 다닌 적이 있었는데, 그땐 그게 너무 싫었다. 그래서 아프다고 거짓말도 치고 일부러 늑장을 부리기도 했다. 결국 나는 세례를 받지 못했다. 엄마는 그것이 마음이 아프다고 했다. 나는 엄마가 정말 아프고 나서야 성당에 나가기 시작했다. 그것도 물론 세례를 받는 것으로 끝이 났을 뿐, 나는 신실한 신자는 되지 못했다. 혜란은 바울학교에서의 봉사 이후로 교회에 다니지 않았다고 했다. 여태껏 교회를 다닌 것이 자신의 의지가 아니었다는 걸 깨닫고 나서 나가기를 거부

했다고. 그러기까지 엄마와의 긴 '투쟁의 시간'이 있었다며 손가락으로 큰따옴표까지 만들어가며 말했다.

"신이 있다면 세상이 이렇게 될 리 없어."

혜란이 단호하게 말했다. 그와 별개로 석이는 재한 씨를 교회에서 만났다. 그러니까, 프놈펜에 있던 4개월 동안 석이는 열정적인 개신교 신자가 되었으며 한국에 돌아와서도 자신과 맞는 교회를 찾기 위해 고군분투했던 것이다. 그러다 정착하게 된 곳에서 재한 씨를 만났다. 우리는 함께 차를 마시는 자리에서 참 세상일이라는 게 신기하다고, 전혀 신을 믿지 않을 것만 같던 사람이 신을 믿게 되었다고 말했다. 그러자 석이가 건조하게 대답했다. 믿지 않고는 살 수 없었다고. 죽은 사람이 좋은 곳에 간다고 믿어야만 산 사람이 살 수 있는 거라고. 나는 그 말이 두고두고 가슴에 남았다. 석이가 바울학교에서 왜 그렇게 집착하며 교회에 다녔는지 알 것 같았기 때문이었다.

우리는 같은 사건을 경험하고도 아주 다른 사람들이 되었다. 그건 누구의 잘못도 아니지만, 우리가 왜 달라지게 되었는지 정도는 생각해볼 필요가 있지 않나 싶다. 확실한 건 나는 직접적으로 연루되어 있지 않은 일에는 쉽게 눈을 감아버리는 사람이 되었다는 것이다.

우리는 택시에서 내려 우선 큰 공원에 들어갔다. 그곳에서 좀 앉아 있다가 길거리에서 파는 샌드위치를 먹었다. 공원에는 야자가 유독 많았고 날이 참 좋았다.

"꼭 놀러 온 것 같다. 그치?"

내가 혜란에게 말하자 혜란이 고개를 끄덕였다. 삐썻이 울창한 나무를 보며 우리에게 말했다.

"좀 더 가면 참사 위령탑이 있어요. 아마 벙은 그곳에 가지 않았을까요?"

나와 혜란은 고개를 끄덕였다. 우리는 조금만 더 쉬었다 위령탑으로 가기로 했다. 잠깐 동안 침묵이 흐른 뒤 내가 먼저 혜란과 삐썻에게 물었다.

"석이는 어떤 사람이었어?"

그러자 삐썻이 느닷없이 게임을 하자고 했다. 석이와 자주 하던 게임이라면서.

"무슨 게임?"

혜란이 묻자 삐삣이 말했다.

"사람이 되는 게임"

"사람이 되는 게임?"

"어떤 사람이 되고 싶은지 말하는 게임이에요."

삐삣이 목을 가다듬은 뒤 먼저 시작했다.

"몸이 좋은 사람."

나와 혜란이 웃었다.

"쉽게 웃는 사람."

혜란이 말했다. 내가 조금 고민하다가 말했다.

"울지 않는 사람."

삐삣이 어떻게 사람이 울지 않느냐고 물어보았
다. 그러자 내가 그런 사람도 있을 거라고 했다. 혜
란이 고개를 끄덕였다. 그래, 그런 사람도 있지. 울
지 않고도 아파하는 사람.

"석이가 그런 사람이었어."

나의 말에 혜란과 삐삣이 고민했다. 룰이 바뀐
순간이었다. 사람이 되는 게임에서 석이가 되는
게임으로.

"돌이켜 보는 사람."

"실수를 많이 하는 사람."

"실수를 되돌리려는 사람."

"가고 싶으면 가는 사람."

"돌아오고 싶으면 돌아오는 사람."

"허둥지둥하는 사람."

"우리가 아닌 사람."

뻐썽의 말을 끝으로 우리는 침묵했다. 맞다. 석이는 우리가 아닌 사람이다. 나는 우리가 아닌 사람을 자꾸 우리라는 이름에 가두려고 했었다. 문득 안나가 어떻게 살고 있는지 궁금해졌다. 그래서 용기 내어 뻐썽에게 물어보았다. 그러자 뻐썽이 안나의 존재에 대해 곰곰 생각하더니 아, 오보에를 불던 안나요, 하고 말했다.

"오보에를 불었어?"

"네, 관악단이었거든요."

"지금은 뭐 해?"

"오보에를 불죠."

뻐썽의 말에 내가 웃었다. 그래, 그거면 됐다. 나는 속으로 생각했다.

*

    안나와의 사건 이후로 나는 조금 딱딱한 선생
님이 되었다. 장난을 치거나 농담을 받아주지 않
고 꿋꿋이 수업만 진행했다. 하지만 교재 만드는
일에는 훨씬 더 몰두했는데, 그것이 남은 시간 동
안 내가 할 수 있는 가장 큰 기여라고 여겼기 때문
이었다. 나는 대부분의 시간을 숙소에서 보내다가
어쩐지 머리가 굴러가지 않을 때는 운동장 구석에
놓인 야외 식당에서 노트북을 펴놓고 시간을 보냈
다. 그때 삐썻이 내게 다가왔다.

    "끄로, 덥지 않아요?"

    "이 정도는 괜찮아."

"저랑 시원한 곳 갈래요?"

삐쎗이 엄지를 눕혀 학교 바깥을 가리켰고 나는 순간 망설였다. 학교 안에 온종일 있으면 답답한 것도 사실이었지만, 삐쎗과 둘만의 시간을 보내면 어쩐지 어색할 것 같았다. 조금 고민하다가 결국 혜란과 석이를 불러 함께 툭툭을 타고 나가자고 했다. 그러자 삐쎗은 약간 망설이다가 말했다. 끄로, 벙은 저를 피해 다니는 것 같아요. 나는 모른 척 그래? 하고는 그럼 혜란이만 데리고 가자고 했다.

나와 혜란, 삐쎗은 툭툭을 타고 강변으로 나갔다. 리버사이드라고 불리는 프놈펜의 중심가였는데 톤레샵과 메콩강, 바싹강이 합류하는 큰 강이 있었다. 우리는 강가를 걸으며 주스를 마셨고 천천히 불어오는 바람에 몸을 맡겼다. 기분이 좋아졌다. 나와 혜란은 괜스레 삐쎗의 눈치를 보며 석이에 대한 말을 꺼낼까 말까 망설였는데, 삐쎗이 불쑥 말을 꺼냈다.

"벙이 왜 절 피하는지 알아요?"

"글쎄."

"아시잖아요."

삐쩟이 나를 똑바로 보고 말했다. 그러자 나는 어쩐지 민망해져서 어깨를 들썩거렸다. 참다못한 혜란이 먼저 말했다.

"사람들이 안 좋게 보니까 그런 거잖아."

"……그렇군요."

삐쩟은 그 말을 끝으로 다른 말은 하지 않았다. 우리는 삐쩟이 변명이라도 해주기를 바랐지만, 그런 건 일절 하지 않았다. 다만 다른 이야기들을 괜히 늘어놓았다.

"저학년 애들한테 태권도 동작 몇 개를 알려주다 보면 찌르기 하나도 자세가 다 달라요."

"이렇게 하는 거야?"

혜란이 손날을 비스듬히 하고 허공에 내질렀다. 그러자 삐쩟이 웃으며 손날을 조금 더 비스듬히 세워주고 팔뚝을 더 위로 올려주었다. 그러자 혜란이 다시 한번 손날을 허공에 찔렀다. 삐쩟이 고개를 끄덕였다.

"이걸로 남친 패주고 싶다."

"어떻게 둘이 이렇게 멀리 떨어져 있는데도 싸워."

"그러니까. 결혼하면 어떻게 될지 상상도 안 가."

"결혼할 거야?"

"해야지."

"왜?"

"다들 하니까."

"다들 해서 너도 해?"

"나만 안 하면 서운하잖아."

혜란의 말에 삐쎗이 웃었다.

"저도 알아요. 서운한 게 뭔지. 그래도 저는 평생 결혼 안 할 거예요."

혜란이 의아하다는 듯 고개를 갸웃거렸다.

"왜?"

삐쎗이 조용히 말했다.

"사랑하는 사람을 평생 서운하게 만드는 것보다 나아서요. 그 대신 사랑하는 사람에게는 찌르기를 가르쳐줄 거예요. 가장 정확한 방식의 찌르기요."

나와 혜란은 조금 서운해하며 우리에게도 가장 정확한 방식의 찌르기를 알려달라고 했다. 그러자 그건 시간이 오래 걸리는 일이라고, 혼자서도 하다 보면 나름의 방식을 알게 될 거라고 했다.

　나와, 혜란, 삐쎗은 오래도록 강물을 바라보았다. 동남아시아의 세 강이 합류하여 돌고 돌아 각자의 길로 흘러가는 그 물을 바라보며, 모두 생각에 잠겼다. 나는 풀다 보면 나름의 방식을 알게 되는 한국어 교재를 만들겠다고 다짐했다. 그것에 대한 책임은 온전히 내가 지겠다고도. 바울학교로 돌아왔을 때, 석이는 방에 혼자 있었다. 나와 혜란은 그게 어쩐지 미안해져서 과장되게 오늘 있었던 일을 부려놓았다. 혜란은 어렸을 때 태권도를 배운 적 있다는 석이에게 찌르기를 보여주며 자신의 자세가 어떠냐고 물어보았다. 그러자 석이가 대답했다.

　"글쎄. 나는 정확한 자세는 몰라. 알고 싶지도 않고."

　"왜?"

　내가 묻자 석이는 웃으며 어깨를 들썩거리며 말했다.

　"평생 모른 채 살고 싶으니까."

　나는 그제야 이들이 사랑을 하고 있다는 걸 깨달았다.

4. 영원에 빛을 져서

나와 혜란에게 말하길, 삐쎗은 처음 석이를 만났을 때 어딘지 무신경한 사람인 줄 알았다고 했다. 혜란처럼 아이들에게 각별한 애정을 주지도 않고, 나처럼 전혀 다른 일에 몰두하지도 않은 채 그저 시간이 흘러가기를 바라는 사람처럼 보였다고. 생각보다 그런 봉사자들이 많아서 대충 시간만 때우려다 가는 사람들 중 하나라고만 생각했다는 것이다. 그런데 기타 연습을 하며 알게 된 석이는 그렇지 않다고 했다. 1학년부터 12학년까지 학생들의 이름을 전부 외우고 있었고, 그들 간의 미묘한 관계까지 전부 파악하고 있었다. 하지만 어딘지 모든 것이 서툴러 보이기는 했다고 했다.

기타를 칠 때도 그랬다. 자연스럽게 줄을 쳐올리고 내리며 스트로크 동작을 해내야 하는데, 그게 영 어색했다. 다른 초심자와 비교해도 영 포즈가 이상했던 것이다. 아무리 삐셋이 포즈와 손 모양을 제대로 만들어줘도 금세 자기만의 어색한 방식으로 돌아왔다. 어느 순간 그게 꼭 드센 고집처럼 느껴져서 삐셋은 헛웃음을 흘렸다. 그러자 석이가 말했다.

"나도 내가 웃겨."

"끄로, 남들처럼만 해요."

그러자 석이가 퉁명스럽게 받아쳤다.

"남들처럼 하는 게 얼마나 어려운지 아니? 그리고 끄로라고 부르지 좀 마."

"그럼요?"

"벙이라고 불러."

석이는 기타를 쳐다보며 그렇게 말했다. 삐셋은 어쩐지 쑥스러운 마음이 들었지만, 그래도 벙이라고 불러달라는 석이가 좋았다. 벙은 뭐든지 자기만의 방식대로 하는구나, 그런 생각이 들었기 때문이었다. 알고 보니 석이는 다른 사람에게 누구보다도 관심이 많은 사람이었지만, 함부로 그것을 티 내지 않았다.

"나는 어떤 일이건 간에 깊게 몰두하는 경향이 있어. 그러니까, 온 마음을 쏟는다는 뜻이야."

엉망진창으로 조경된 공원에서 그 이야기를 들었을 때, 삐썻은 반쯤만 그 말을 알아들었다고 했다. 쏟는다는 건 액체나 물건을 쏟는다는 건데, 마음을 쏟는다는 건 어떤 의미일까. 주워 담을 수 없는 것. 처음 삐썻은 그 말을 그렇게 이해했다. 이틀간 매일 그 공원에서 산책을 하며 삐썻은 석이에게 태권도를 알려주었고, 석이는 삐썻에게 한국어를 알려주었다. 그들은 한국어로 대화하기도 했고, 영어로 대화를 하기도 했다. 종종 크메르어로 짧은 인사말을 나누기도 했다. 그들에게 나눌 것은 많았지만, 시간은 몹시 부족했다. 삐썻은 자기만의 방식대로 찌르기를 하는 석이의 엉성한 모습을 보며 밤이 영영 끝나지 않기를 바라기도 했다.

넷이 함께 한 공연이 완전히 엉망진창으로 끝난 후에야, 삐썻은 벙의 말을 이해할 수 있었다. 정말이지, 온 마음을 다한다는 것은 주위 담을 수 없는 것이었다. 삐썻의 마음이 그렇게 되어버렸기 때문이었다. 석이의 마른 손과 둥근 어깨, 진갈색으로 물들인 머리, 그 모든 것에 온 마음을 다하게 되어버린 것이다.

나와 혜란은 처음에는 신이 나서 그 이야기를 듣다가 어쩐지 숙연한 마음이 되어 괜스레 땅만 바라보았다. 삐썻이 우리에게 완전히 오해한 건 아니라고 한 말을 그제야 이해했다. 혜란이 조심스레 먼저 삐썻에게 물었다.

"그럼 그렇게 끝난 거야?"

"뭐가요?"

"그러니까…… 너희 사이가."

나는 쌀국수 집을 황급히 뛰쳐나가던 앳된 석이의 모습을 떠올렸다. 삐썻은 그날의 이야기는 하지 않았다.

"마마가 알게 됐어요. 학교에 소문이 퍼졌거든요."

나와 혜란은 할 말을 잃었다. 그 소문의 주역이 누군지 알 것 같았기 때문이었다. 비뚤어진 마음

을 주체하지 못한 채 운동장을 돌며 나눴던 대화
들…… 게네 아마 잔 것 같아. 그건 좀 아니지 않
니? 모든 것에 정답이 있다고 믿고 함부로 판단하
던 나날들이었다. 나와 혜란은 발끝만 바라보며
좀처럼 말을 잇지 못했다. 그러자 삐썻이 과장되
게 고개를 저으며 그러지 말라고 했다.

"다 제 탓이에요."

"그게 왜 네 탓이야."

"벙이 먼저 말했어요. 같이 한국에 가자고."

"그런데 왜 안 갔어?"

"마마 때문에요. 저는 사실 괜찮아요. 그런데, 마
마는 저 없으면 안 돼요. 마마는 유치원 시절부터
제 마마였어요."

나는 그때, 교장이 담담하게 말했던 돈을 훔친
아이가 혹시 삐썻이 아닐까 생각했다. 하지만 물
어보지 않기로 했다. 이제는 더 이상 이들의 이야
기를 감히 재단하고 싶지 않았기 때문이다.

*

시간은 몹시 빨리도 흘러갔고 어느새 한국으로 돌아갈 때가 다가오고 있었다. 아이들은 종종걸음으로 달려와 언제 가느냐고 물어보고 눈물을 보이기도 했다. 우리는 아직 실감하지 못한 채로 그런 아이들을 안아주고 달래주었다. 나는 그럴 때마다 이 아이들이 언제 어디서든 무조건 안전하기만을 기도했다. 그때 당시에는 그랬다. 무조건 아이들이 안전하길. 그동안 우리는 한국에서 발생한 침몰 사고가 여태까지 원인도 제대로 밝혀지지 않았다는 데 또다시 큰 충격을 받았다. 아직까지도 연일 참사에 대한 기사가 쏟아져 나왔고 수색 또한

지지부진했다.

석이는 자꾸 유가족 인터뷰를 찾아보고는 울면서 나와 혜란에게 그것을 보여주었다. 우리는 보고 싶지 않았지만, 보고 싶지 않단 말을 차마 할 수가 없었다. 정말이지 그건 봐야만 하는 일이었다. 사람이 사람을 잃은 일이었다. 그 상실의 대가는 우리 모두가 치러야 마땅한 일이라고 생각했다. 그런데, 애도는커녕 온라인에서는 사람들이 말도 안 되는 일로 싸우고 있었다.

나는 당시 여러모로 이루 말할 수 없는 비참함에 빠져 들었다. 프놈펜을 떠나면서 두고 갈 아이들에 대한 상실감과 함께 먹고 자고 했던 혜란과 석이와 헤어질 것에 대한 그리움, 그리고 낡은 자취방으로 돌아가며 느낄 지독한 외로움. 아무도 그런 이별에 대처하는 법을 알려주지 않았던 것 같았다. 나는 그게 야속했다. 그런데 바울학교의 아이들은 사람이 반복해서 오고 가는 것에 익숙해진 나머지 상실에 대해 나보다 훨씬 더 의연하게 대처했다.

안나는 나에게 다가와 악수를 건넸다. 나는 안

나에게 마지막으로 커피를 마시자고 했지만, 오히려 안나는 거절했다. 꼭 교장이 나에게 무슨 말을 했는지 안다는 듯 굴었다. 그 대신 나에게 폭 안겨서 열심히 울었다. 그리고 자기가 꼭 한국에 가겠다고 했다. 나보고 오라는 소리는 하지 않았다. 오지 않을 걸 안다는 듯이. 가서 꼭 같이 눈을 맞아요. 그렇게 이야기하는 안나의 목소리는 정말이지 진실되었다. 나는 눈이 오지 않는 나라에 사는 사람이 함께 눈을 맞자고 하는 말의 의미를 알고 있었다. 천천히 고개를 끄덕이고 내가 가장 하고 싶은 말, 그리고 해야 할 말을 했다.

"꼭 안전해야 해."

나는 그 말을 하면서도 자꾸자꾸 미안했다. 특정할 수 없는 모든 이들에게 미안했다.

우리는 귀국 전날까지 정신없이 수업을 하고 교재를 만들면서 아이들과 반복해 작별 인사를 했다. 그래서 숙소에 들어올 때마다 눈시울이 벌건 서로를 보면서 웃었다. 편지와 목걸이, 사진과 반지, 연필과 망고 같은 것들. 우리는 그 모든 아이들에게 줄 수 있는 선물이 없어 슬펐다. 그리고 우리는 서로에게 사과했다. 심심찮게 오해한 일들과 사사로이 못되게 굴던 일들에 대해. 혜란은 석이에게 미안하다고 말하며 눈물을 보였다. 그러자 석이가 고개를 저었다.

"괜찮아. 다 정리됐어."

나와 혜란은 그때 석이가 무엇을 정리했다는 건지 몰랐다. 그날 저녁, 석이는 한 번 더 비밀스러운 외출을 감행했고 그때 나와 혜란은 모두 잠에 들지 않았지만, 어떠한 말도 하지 않았다. 그 당시 우리는 상실을 다루는 방법을 몰랐기 때문에 누구와도 그런 이야기를 나누지는 않았다. 다만, 그냥 서로에게 미안한 마음만을 꼭 쥔 채로 부디 그 사람의 마음이 크게 다치지 않았기만을 바랄 뿐이었다. 그러니까, 서로가 서로에게 절실한 만큼 쉬쉬하기에 바빴다. 훗날의 관계를 위해서는 우리가 절대로 그래서는 안 됐음을 그때는 몰랐다.

*

나와 혜란, 삐썻은 마침내 그 다리에 도착했다.
처음 나와 혜란은 그저 석이를 찾으러 왔을 뿐이
지만, 종내 더 많은 것을 감수하는 방식으로 이곳
까지 흘러들어왔다. 하지만 그건 전혀 개의치 않
았다. 그저 내 마음이 도달하는 곳으로 향했을 뿐
이었기 때문이다. 나는 열심히 미래를 향해 달려
왔다고 생각했지만, 사실 그것은 단지 과거에 사
로잡힌 여정에 불과했음을, 그것을 미래라고 착각
해왔을 뿐임을 이곳에 와서 깨달았다. 다시 말하
자면, 내가 이곳에 온 게 아닌, 이곳이 내게 당도하
고야 만 것이라는…….

나와 혜란은 한동안 낡지도 세련되지도 않은 그 다리 앞에서 아무 말도 하지 않았다. 삐쎗은 그때 당시의 참사에 대해서 우리에게 설명해주었다. 우리는 잠자코 그것을 듣고 있었다. 10년이 지난 지금, 우리는 처참한 마음을 숨기면서 묵묵히 그 이야기를 들을 줄 아는 사람이 되어 있었다. 아니, 어쩌면 이 모든 게 석이 덕분일지도 모른다. 삐쎗의 설명은 아주 상세했다. 대부분의 사람들이 질식으로 사망했고, 350명 이상의 사망자와 700명 이상의 부상자가 발생했다고. 이는 크메르 루주의 몰락 이후 최대 규모의 비극이라고 했다. 그런데 그 비극 이후에도 물축제는 계속 이어졌다고.

　"그거 알아요? 사실, 이 다리는 원래 그 다리가 아니에요. 정부가 책임을 회피하려고 다리가 무너질 수도 있다는 공포에 의해 사고가 일어난 거라고 변명했거든요. 그래서 원래 있던 다리를 일부러 무너뜨리고 새 다리를 지었어요."

　나와 혜란은 사고의 흔적이 너무도 명백하게 지워진 그 다리 앞에서 할 말을 잃었다. 왜 산 사람들은 죽은 사람들의 흔적을 필사적으로 지우려고 할까. 또 어떤 죽음은 거룩하게 포장되고 어떤 죽음은 조용히 잊힌다. 그것이 과연 단순한 우연에 불과한 걸까? 나는 다시 한 번 내가 경험했던 그 거대한 상실을 떠올렸다. 엄마의 죽음. 나는 엄마의 죽음을 통해 갈라지고 쪼개지고 으깨지고 녹아내렸다.

상실은 극복되는 것이 아니다. 나는 수많은 상실을 겪은 채 슬퍼하는 사람으로 평생을 살아가게 될 거고 그것은 나와 관계 맺은 이들에게까지 이어질 것이다. 엄마를 잃음으로써 내가 상실을 겪었듯, 누군가도 나를 잃음으로써 상실을 겪을 것이고 우리 같은 사람들은 그 상실의 늪 속에서 깊은 슬픔과 처절한 슬픔, 가벼운 슬픔과 어찌할 수 없는 슬픔들에 둘러싸여 종국에는 축축한 비애에 목을 축이며 살아가게 되겠지.

"나는 슬픔을 믿을 거야."

처량하고 처절하고 절실한 것들을 믿을 거야. 내가 이렇게 말하자 혜란이 고개를 들어 하늘을 쳐다보았다. 그리고 조금 코를 훌쩍였다. 내가 왜 그러냐고 묻자 혜란은 남편에게 이혼 얘기를 꺼내야 하는 게 미안해서 그런다고 했다. 나는 그 마음을 잘 몰라서 별다른 말을 해주지 못했다. 뒤에서 삐썻이 부스럭거리기에 돌아보니 삐썻도 울고 있었다. 너는 또 왜 우냐고 물어보니까 끄로가 울어서 운다고 했다. 결국 나도 울었다. 나와 혜란, 삐썻은 다리 앞에서 꼴사납게 울었다. 지나가던 어떤 노인이 삐썻의 어깨를 툭툭 치더니 뭐라고 말했다. 삐썻이 고개를 끄덕이며 그 사람에게 대답했다.

"저 사람은 뭐라고 한 거야?"

"힘내라고요. 그래서 그런 게 아니라고 했어요."

"그러니까 뭐래?"

"그래도 잘 살래요."

내가 고개를 끄덕였다.

"그래. 잘 살아야지."

그러자 혜란도 대답했다.

"그래. 잘."

삐썻은 우리에게 또 갈 곳이 있다고 했다. 나와 혜란은 삐썻이 안내하는 대로 자연스럽게 따라갔다. 어쩐지 나와 혜란은 10년 전에 캄보디아에 4개월이나 있었으면서도 새로이 여행하는 기분에 사로잡혔다. 그런데 삐셋이 말했다. 며칠 전에 끄로들처럼 다리 앞에서 울던 외국인 여자가 있었대요. 외국인이라 왜 우냐고 어렵게 물어봤는데, 손짓, 발짓으로 막 설명을 하더래요. 그래서 겨우 이해한 게 잘 살기 위해 운다는 말이었대요. 저, 벙이 이다음으로 어디에 갔을지 알 것 같아요.

"그걸 왜 이제 말해?"

"끄로들이 크메르어를 좀 더 잘하지 그랬어요."

나와 혜란은 어이가 없어서 삐셋을 쳐다보았다. 삐셋이 어깨를 으쓱해 보였다. 나는 거의 유일하게 아는 크메르어로 삐셋에게 말했다.

"혼나!"

삐셋이 크메르어로 응수했다.

"안 돼!"

*

　한국으로 돌아온 나와 혜란, 석이는 그전만큼 자주 서로를 찾지 않았다. 학과 생활이 바빠서, 자격증을 따야 해서 등 온갖 이유를 댔지만, 사실 모두가 같은 마음이었을 거라고 생각한다. 어쨌든 우리는 캄보디아에서의 일상에 힘겹게 스며든 만큼 또다시 되찾은 일상에 스며들기 위해 부단히 노력했다. 그러던 중 먼저 석이가 취업 소식을 전해왔고 그와 동시에 결혼 소식을 알렸다. 나와 혜란은 석이에게 애인이 있었다는 사실조차 몰랐기 때문에 꽤나 놀랐다.

　취업 축하 자리에서 재한 씨를 처음 만났다. 석

이와 재한 씨는 더없이 잘 어울려 보였고 또 신실해 보였다. 나는 석이가 프놈펜에 다녀와서 완벽하게 기독교 신자가 된 것이 믿기지 않도록 신기했는데, 혜란은 조금 담담해 보였다.

"그런 데서 괜히 홀리해지는 사람들 많아."

속삭이는 혜란의 말에는 어쩐지 가시가 돋아 있었다. 알 만했다. 그즈음 혜란은 한창 다니던 교회에 완전히 발길을 끊었다. 재한 씨는 처음 봤을 때 몹시 단정한 인상이었다. 둥근 뿔테 안경을 끼고 어딘지 푸짐해 보였다. 그는 모태신앙이었으며, 어렸을 때부터 다양한 선교 활동에 참여해왔다고 했다. 그리고 석이를 처음 봤을 때, 함께 십자가를 지고 갈 수 있는 사람이라는 확신이 들었다고 했다. 어쨌든 우리는 재한 씨와의 식사 자리에서도 프놈펜 생활에 대한 별다른 말을 하지 않았다. 어색함을 느낀 재한 씨가 먼저 우리에게 물었다.

"거기서 석이는 어땠어요?"

나는 듣자마자 바로 삐셋의 얼굴이 떠올랐지만, 얼른 다른 이야기를 꺼내기 위해 열심히 머리를 굴렸다.

"석이는……."

"마음을 잘 내어주는 사람이었어요."

그렇게 말한 건 혜란이었다. 혜란이 무슨 의도로 그런 말을 했는지는 잘 모르겠지만, 석이에게 그 말이 부정적으로 들린 건 분명했다. 빨갛게 달아오른 귀를 보고 알 수 있었다. 내가 뭐라도 변명을 해보려는 순간, 석이가 차갑게 말했다.

"란이는 나에 대해서 알고 싶어 하지 않거든."

순식간에 분위기가 얼어붙었다. 혜란이 차갑게 말했다.

"내가 뭘?"

"말해봐, 동이야."

순식간에 둘의 시선이 내게로 집중되었다. 나는 삐쳤과 석이의 마음이 정직하게 서로를 향해 있었다는 걸 끝에 가서야 겨우 알아차렸다. 그런데 혜란은 그것을 알아차렸을까. 내가 보기에도 결코 아니었다. 석이는 그 이야기를 하고 있는 것이었다. 재한 씨는 얼떨떨한 얼굴을 한 채로 석이의 등을 쓸어내렸다. 그러자 석이가 한숨을 내쉬더니 작게 웃음 지으며 말했다.

"내가 쏟았던 마음의 크기를 알고 싶어 하지 않았다고."

"그건 맞는 말이네."

내가 맞장구를 쳤다. 분위기는 가까스로 회복되는 듯했지만, 대화는 겉돌았고 맥락은 자꾸 미끄러졌다. 우리는 같은 이야기를 하면서도 다른 말을 하는 듯했고 같은 상황을 묘사하면서도 묘하게 다른 뉘앙스를 풍겼다.

재한 씨는 자신이 한창 벌이고 있는 사업에 대해, 그 사업의 확장 가능성에 대해 이야기했고 신혼집으로 봐둔 곳의 전망에 대해 이야기했다. 그러니까 온갖 가망과 열망, 믿음에 대해서만큼은 진심을 다해 이야기하는 사람이었다. 나는 재한 씨가 나쁘지 않은 사람이라고 생각했지만, 어딘지 석이와는 맞지 않는 것처럼 보였다.

혜란은 프놈펜 생활 이전부터 만났던 애인과 여전히 만나고 있었다. 슬슬 결혼을 해야 한다고 했는데, 나는 혜란이 지독하게 싸우기만 하는 그 남자와 결혼을 한다는 게 조금 이상하다고 느껴졌다. 그런데 혜란은 원래 사는 게 그런 거라며 나에

게 애인이 있느냐고 물어왔다. 나는 고개를 저었
고 그러자 혜란이 설마 여태 만났던 사람이 한 명
도 없는 거냐고 했다. 나는 가만 생각을 해보다가
고개를 끄덕였다.

"너 너무 메마른 것 아니니?"

혜란은 그렇게 말하고 와하하 웃었다. 혜란을
제외하고는 아무도 웃지 않았다. 분위기가 다시
냉랭해졌다. 재한 씨는 잠시 화장실을 다녀오겠다
고 했다. 그러니까, 종일 우리의 대화는 이런 식이
었던 것이다. 재한 씨가 잠시 나가고, 나는 가까스
로 말을 꺼냈다.

"우리, 조금 이상한 것 같아."

그러자 혜란은 고개를 끄덕였고 석이는 나를 빤
히 바라보더니 말했다.

"그걸 이제 알았어? 아주 오래된 일이야."

"그게 언제부턴데?"

나는 정말 궁금해서 석이에게 물었다. 석이가
포기한 듯이 순순히 말했다.

"내가 삐쎗에게 그런 말을 했을 때 말이야."

"무슨 말?"

우리가 영문을 모르겠다는 듯 석이를 바라보자 석이가 눈을 끔뻑이더니 고개를 저으며 말했다.

"그냥 어쨌든, 나는 그날 삐쳤고 크게 싸웠어. 아니, 내가 일방적으로 상처를 줬지. 함부로 말하지 말라는 식으로 말이야. 근데 결국 함부로 말한 건 나였는데. 어쨌든 나를 말려주지 그랬어."

"그렇게 제멋대로인 너를 뭘 어떻게 말렸어야 해?"

혜란이 그렇게 말하고 맥주 한 모금을 마셨다. 나도 그냥 천천히 고개를 끄덕이고 말았다. 정말 석이는 알 수 없는 사람이라고 생각하면서. 석이가 조그만 목소리로 말했다.

"난 언제나 너희한테 진심이었는데."

나는 이제 와서 석이가 모든 것에 온 마음을 내어주다가 결국 신에게 마음을 의탁하고 보편적인 삶을 선택하게 된 과정에 대해 찬찬히 상상해보았다. 그러다가 나와 혜란, 석이가 함께 보냈던 나날과 그때 겪었던 사건들이 석이 인생에 몹시 큰 영향을 미쳤을 수도 있겠다는 생각을 했다.

그 이후로 우리는 아주 가끔씩만 연락을 주고받

앗다. 그러다 석이가 참사 후로 다시 전화를 걸어오기 시작했고 혜란의 청첩장 모임에서 아주 오랜만에 다시 만나게 된 것이었다. 하지만 오랜만에 만난 석이는 불편하게만 느껴졌다. 꼭 크나큰 불행을 혼자만 짊어지고 있는 사람처럼 느껴졌기 때문이다. 꼭 딴 세상에 있는 것처럼.

사실, 그전에 이따금 같은 봉사단 소속이었던 지인을 통해 석이의 근황을 들었을 때도 별로 대수롭지 않게 생각했던 것 같다. 남편과 헤어질 작정인가 보더라, 자꾸 집회 같은 곳에 나가고 그런다더라, 정치색이 너무 짙어서 만나기가 껄끄럽다, 그런 얘기들. 그 새벽녘, 석이가 실종됐다는 혜란의 전화를 받기 전까지만 해도 그런 식이었다. 그런데 나는 왜 그렇게 데면데면한 사이였음에도 불구하고 석이를 찾기 위해 이곳까지 온 것일까? 그건, 아마도 석이가 나와 혜란에게 한 말 때문이었을 것이다. 언제나 우리에게 진심이었다는 말. 그 말은 알게 모르게 나를 거세게 흔들어놓았다.

*

　한 사람의 궤적이 온전히 그 사람의 몫이라고
할 수는 없다. 한 사람의 궤적은 온 사람의 궤적이
되고 그 궤적은 종내 알 수 없는 문양을 한 채로 우
리 모두를 잡아끈다. 나는 지금 그 궤적의 현장을
바라보고 있었다. 위령탑은 거대했다. 단단한 돌
을 조각해 만든 그 위령탑의 네 면 꼭대기에 있는
부처가 나를 똑바로 내려다보고 있었다. 나와 혜
란, 삐쏫은 그 위령탑 아래에 서서 두 손을 합장했
다. 그리고 눈을 감고 기도를 드렸다. 나는 석이가
무사히 돌아오기를, 엄마가 평안하기를, 내가 잘
살아가기를 기도했다.

그런데 막상 기도를 드리니 내게 질문이 되돌아왔다. 석이가 돌아오기를 바라는 건 누구를 위한 건가? 엄마는 도대체 어디에서 평안하나? 왜 엄마의 평안만 기원하나? 왜 나만 잘 살기를 기도하나? 나는 어떻게 잘 살 것인가? 꼭 내가 나에게 하는 질문 같기도 하고 누군가가 내게 물어오는 것 같기도 했다. 한참 고민 후에도 좀처럼 답을 내리지 못하고 있는데 삐쩟이 내 어깨를 툭툭 치더니 어딘가를 가리켰다. 반대편에서 한 여자가 우리와 똑같이 합장을 하고 기도를 드리고 있었다. 혜란도 그 여자를 바라보고 있었다. 이윽고 여자와 눈이 마주쳤다.

먼저 말을 건 쪽은 여자였다. 여기 사세요? 나와 혜란은 아니라고 간결하게 대답했고 삐쩟은 이 사람들보단 가깝지만 조금 떨어진 곳에 산다고 대답했다. 여자는 고개를 끄덕이고 혹시 나와 혜란에게 한국인이냐고 물어보았다. 우리가 그렇다고 하자, 자신도 한국계 혼혈이기는 하지만, 한국어는 잘 못한다고 대답했다. 그러면서 커다란 배낭에서 신문지에 둘둘 말린 꽃다발을 꺼내 한 송이씩 우리에게 주며 말했다.

"바치세요."

나는 부드럽고 단호한 여자의 어조 속에서 어떤 힘을 느낄 수 있었다.

"뭘 위해요?"

내가 물었다. 그러자 여자가 웃으며 대답했다.

"그건 여러분이 알죠."

나와 혜란, 삐쎗은 다시 기도를 드렸다. 혜란과 삐쎗은 모르겠지만, 나는 여자의 말로 말미암아 이전과는 완전히 다른 기도를 할 수 있었다. 되돌아오지 않는 기도. 나를 톺아보게 하는 기도, 내가 미완이어서 온전한 사람이라는 걸 알게 해주는 기도를. 그리고 나서야 내가 한국으로 돌아가면 어떤 일을 해야 할지 알 것 같았다. 나는 석이가 하고자 했던 일을 할 것이다. 석이가 알고자 했던 것을 알기 위해 애쓸 것이다. 매번 돌아오지 못할 길로 들어서는 일은 기어코 내 삶의 일부이고 말았다.

"동이야."

혜란이 위령탑 아래 정갈하게 놓인 꽃들을 보며 내 이름을 나직이 불렀다.

"석이가 여기에 왔었던 것 같아."

"나도 그렇게 생각해."

내가 대답했다. 이 여정은 석이를 찾기 위한 여정이었지만, 어째서인지 마지막에 우리는 석이를 찾지 않게 되었다. 대신 석이와 비슷한 다른 걸 찾았는데, 무엇을 찾았는지 정확히는 설명할 수 없는, 그런 것이었다.

"나 석이에게, 정말이지 큰 빚을 졌던 것 같아."

혜란의 말에 나는 고개를 끄덕였다. 그리고 삐썻에게 물었다.

"석이랑은 만나서 무슨 말을 했어?"

"벙은 정말로 저에게 미안해했어요. 우리가 일으켰던 모든 문제에 대해서요. 그리고 저는 비로소 우리의 관계가 정리되었다고 믿게 되었어요."

그러면서 삐썻은 우리에게 석이가 어딘가로 떠났다고 말해주었다. 위험한지, 안전한지는 잘 모르겠지만, 자신이 원하는 곳으로 떠났다고. 우리는 이미 석이가 실종된 것이 아님을 알았지만, 그럼에도 안도의 한숨을 내쉬었다. 여기까지 오고 나서야 나와 혜란은 석이와 비로소 정말로, 진심으로 가까워졌다는 느낌을 받았다. 정작 서로를 너무 잘 안다고 느꼈을 때는 왜 한 치도 몰랐을까. 나는 우리가 이곳 프놈펜에서 한바탕 석이가 되는 게임을 했다고 느꼈다.

나와 혜란, 삐셋은 한참 동안 위령탑 아래에서 서로의 얼굴을 바라보았다. 그 미안한 얼굴을, 감사한 얼굴을, 명백한 얼굴을. 그리고 이제부터 우리가 해야 될 일에 대해서 이야기했다. 각자의 자리에서 할 수 있는 최선의 일들에 대해서. 그간 빚진 일들에 대해서.

해가 천천히 저물었다. 저문 해를 바라보는 나는 지금 이곳에 아무런 물음도 없이 존재했다. 그것이 마냥 다행이라고, 나는 처음으로 엄마의 스러진 삶을 떠올리는 동시에 내 삶에 대해 조금이나마 낙관적으로 생각할 수 있게 되었다. 그것이 못내 가슴 아팠다. 나와 혜란, 삐셋은 여전히 위령탑이 선사한 거대한 그림자를 밟고 서 있었다. 그리고 우리를 내려다보는 위령탑 꼭대기 부처의 얼굴들을 비로소 오래도록 응시했다.

나를 부수는 너를 기리며

이희우

『영원에 빚을 져서』는 사라진 친구를 찾아가는 이야기이고, 가까운 관계 속 엇갈림을 살피는 이야기이면서 세월호 참사 이후의 시간을 돌아보는 이야기이기도 하다. 그래서 소설을 읽으면서 다음처럼 묻게 된다. 한 사람을 이해하는 일과 어떤 관계를 돌아보는 일, 그리고 참사를 기억하는 일은 어떻게 연결되는 것일까.

내가 겪는 아픔과 내 주변 사람들이 겪는 아픔은 어떻게 이어져 있을까. 또 내 주변의 고통과 세상 사람들이 겪는 고통은 어떻게 관련되어 있는 것일까? 세월호 이후 거듭된 참사에 뒤따랐던 상반된 반응들을 떠올려보자. 누군가는 자기 일인 것처럼 괴로워한다. 누군가는 그저 멀리서 일어난 남의 일로 여긴다. 누군가는 슬퍼하는 사람들을 조롱하고, 누군가는 피로감을 드러내며 그만 이야기하라고 한다. 여기저기서 편집증적인 음모론이 대두되기도 한다. 그리고 누군가는 무시나 조롱에 맞서 '당신 자신이, 혹은 당신 가족이 그런 일을 겪는다고 생각해보라'라고 말한다.

'당신의 일이라고 생각해보라.' 그런 말을 할 때, 사람들은 남의 일을 내 일처럼 상상하면서 다른 이에게 공감할 수 있다고 전제한다. 거꾸로 생각해보면, 공감을 위해서는 상상력이 필요하다는 것이다. 상상력은 멀리서 일어난 일을 가까이 불러올 수 있다. 상상력을 통해 다른 이의 상황에 나를 놓을 수 있다. 소설을 읽을 때 우리가 하는 일이 그런 것 아닐까. 내가 아닌 다른 누군가의 자리에 서보기.

하지만 상상력과 공감 능력이 항상 좋은 방향으로 작용하는 것은 아니다. 오히려 어떤 몰이해와 반목은 상상력과 공감 때문에 생겨나기도 한다. 많은 경우 공감은 편향되어 있다. 당연한 일이지만, 우리는 더 가까운 사람과 공통점이 있는 사람에게 더 쉽게 이입하기 때문이다. 공감에 대해 평생 고찰했던 어떤 철학자는 공감의 편향성을 지적하면서 이렇게 쓰기도 했다. "우리는 우리와 멀리 떨어진 인물보다는 가까운 인물에, 낯선 사람보다는 잘 아는 사람과 또 외국인보다는 자국민에게 좀더 쉽게 공감한다."* 공감은 분명 타인과 나를 이어주지만, 그 확장의 범위는 내 시야와 마음의 한계를 벗어나기 힘들다.

이 소설은 이러한 한계를 문제 삼으며, 우리의 상상력과 공감이 어떻게 '나' 혹은 '우리'의 한계를 넘어 "영원"에 닿을 수 있는지 묻고 있다. 그렇다고 우리의 삶과 동떨어진, 공허하고 추상적인 당위를 주장하는 것은 아니다. 소설은 내 일과 남의 일, 가까운 것과 먼 것, 현재와 과거의 관성적 구분

* 데이비드 흄, 『인간이란 무엇인가』, 김성욱 옮김, 동서문화사, 2016.

을 흐리면서 그것들이 결코 구분되는 것이 아님을
보여주려 한다. 현재의 사건과 과거의 사건이, 가
까운 슬픔과 먼 슬픔이, 개인의 번민과 집단적인
애도가, 자국의 참사와 외국의 참사가 친구들의
이야기 속에서 베를 짜듯 엮인다.

*

소설은 석이의 '실종'으로부터 시작한다. 엄마
의 장례를 치른 직후의 화자(동이)에게 혜란이 전
화를 거는데, '나'의 안부를 물을 줄 알았던 혜란은
대뜸 석이의 실종을 알린다.

사라진 석이는 어떤 사람일까. 그는 세 친구 중
가장 여유 있는 집안에서 자라난 것 같고, 청소
년기에 공부도 잘했던 것 같다. 소설의 도입에서
화자는 석이를 "건실한 사람"이자 "보편적인 행
운을 단단히 쥐고 있는 이"(10p)라고 평한다. 그
런 석이가 실종이라니, 터무니없는 일이 아닌가.
그렇지만 화자의 규정은 석이의 일면에 대한 것
일 뿐이다. 한편으로 기억 속 석이는 "격양"된 사

람이었고, 친구가 청첩장을 전달해주는 '좋은 날'에 재난과 참사 이야기를 자꾸 할 정도로 경도된 사람이기도 했다. 그럴 때 석이는 "크나큰 불행을 혼자만 짊어지고 있는 사람처럼" 보여서 "불편하게만 느껴졌다".(122p) 화자는 석이의 그런 언행을 이해하지 못했고 왜 그러는지 헤아리려들지 않았다. 석이가 사라지고 나서야 차츰 그를 이해해보려 한다. "건실한 사람"이라는 짧고 간단한 말이 가려놓았던, 친구의 번민과 변화를 헤아려보게 되는 것이다.

그래서인지 석이를 찾는 여정은 시간 속에 겹겹이 쌓인 불투명한 막을 하나씩 풀어헤치는 과정 같다. 화자는 기억을 돌이켜보고 어긋남과 실수들, 주고받은 상처와 오해를 되짚어본다. 그 과정에서 화자는 거듭해서 잘못 예상하고, 놀라고, 자괴감을 느낀다. 잊었던 것들과 무심코 지나친 것들이 불쑥 독촉장처럼 찾아와 화자를 괴롭게 한다. 거꾸로 말해 이해를 향한 길에 넘어서야 하는 수많은 장애물이 있고, 각각의 장애물이 화자에게 예상할 수 없는 시험으로 다가온 것이다.

어떤 불투명한 막들이 친구들 사이를 메우고 있었을까. 소설에 그려진 문제들을 하나씩 짚어보자.

첫째, 기억의 주관성. 친구들은 비슷한 기억을 공유하면서 더 가까워지고 끈끈해진다. 하지만 기억은 주관적이고, 같은 일을 겪은 사람도 상황을 다르게 기억한다. 한 사람의 기억 속에서는 흐린 배경 속에 잠겨버린 사소한 말다툼이, 다른 사람의 기억 속에서는 오래도록 예리한 조명을 받는다. 한편 기억의 관성은 가까운 관계에서 오히려 더 치명적일 수 있다. 과거에 알던 모습을 통해 계속해서 상대를 판단하고 평가하게 되기 때문이다. "우리가 갖고 있던 기억에 의존해 지금의 석이의 모습을 우리 식대로 만들어내고 생각의 흐름을 판단하고 있었던 것이다."(66p)

둘째는 상대적인 거리의 문제다. 앞서 말했듯, 우리는 자신과 가까운 일일수록 더 중요하고 무겁게 느낀다. 아픈 엄마를 돌보는 '나'는 당장 닥친 문제들에 지쳐 친구의 번민까지 살피지 못한다. 세월호 참사를 지켜보며 힘겨워하는 친구들은 삐썻이 이야기하는 꺼삑섬의 압사 사고에 대해서는 그만큼 무겁게 느끼지 않는다. 석이는 압사 사고를 이야기하는 삐썻에게 이렇게 말하고 만다. "그 거랑 이거는 다르지."(58p) 어떤 문제가 너무 중요하기 때문에 다른 문제들은 상대적으로 사소하게 치부되는 것이다.

셋째는 가진 것과 가지지 못한 것에 대한 자의식이다. 대학 시절 가난으로 괴로워하던 화자는 자신이 상대적으로 못 가진 것을 생각하고, 친구들과 자신을 비교하기도 했다. 주변을 삐딱하게 보는 '나'는 항상 사람의 좋은 면을 보려 하는 혜란에게 고마워하지만, 그 구김살 없는 낙천성과 관대함 역시 유복한 환경 덕분인지도 모른다. 성적, 능력, 성격, 습관 등 한 사람을 나타내거나 이루는 요소들은 많은 경우 환경의 탓으로 설명될 수 있다. 누군가 성격이 좋다면, 누군가 공부를 잘한다면 그럴 만한 환경에서 나고 자랐기 때문일 것이다. 이러한 설명 방식의 문제는 틀렸다는 데 있지 않다. 오히려 너무나 설득력이 강하고, 따라서 인간사 전반을 그런 방식으로 보게 하는 한편, 그렇게 생각하는 사람 자신을 괴롭게 한다는 게 문제다. "그즈음 나는 어떤 사람이 공부를 잘하는데 경제적 여유 또한 있어 보일 때, 이런 것들을 어떻게든 연결 지어 나의 삶을 비관하곤 했다."(16-17p) 이러한 비관과 함께 부모에 대한 원망이 커지기도 하고, 친구에 대한 "미운 마음"이 생기기도 한다.*

넷째는 도덕적 당위들이다. '나'는 삐쩍과 석이의 '부정한 관계'를 의심한다. "바른 것과 바르지 않은 것을 늘상 구분"(55p)하며 살아온 사람인 혜란 역시 학생과 연애하는 것처럼 보이는 석이의 행동을 두고 보지 못한다. '나'는 석이가 삐쩍과 잤을 거라고 짐작하고 혜란에게 자신의 짐작을 홍보하듯 이야기한다. 도덕적 당위는 "미운 마음"(18p)의 명분이 되기도 하는 것이다.

---

* 동시에, 누군가는 자신이 상대적으로 많이 가진 것을 생각하며 괴로워한다. 석이는 자신에게 아이들을 가르칠 자격이 있는지 자문하지만, 굳이 대답할 수 있는 이유라면 "조금 더 잘사는 나라 사람이라는 거" 하나뿐이다. 이러한 인식은 자괴감으로 이어진다. 거저 얻게 된 위치 때문에 자격도 없이 선생 노릇을 하고 있다니. 화자 역시 바울학교 아이들과의 관계를 반성하고, 그 관계에 "무의미한 동경과 시혜, 엇나간 애정들이 미묘하게 섞여 있"음을 인식하면서 "이상한 자괴감"을 느낀다.

마지막으로, 이해하기 전에 판단해버리는 일, 그러고는 이해했다고 착각하는 일. 이것이 아마 가장 결정적인 난관일 것이다. 화자는 자신이 알던 친구의 모습에 따라 지금의 석이가 어떤 상태일지 판단했는데, 그 판단이 (완전히 틀린 것은 아니었을지라도) 많은 것을 보지 못하게 했다.

아마 오해와 어긋남의 이유는 열거한 다섯 가지보다 훨씬 많겠지만, 우선은 이렇게 요약할 수 있을 듯하다. 타인을 정말로 이해하기 위해서, 벗어나기 어렵지만 벗어나려고 애써야 하는 것은 결국 '나'의 한계라고. 이 소설의 '나'가 혜란과 함께 석이를 찾아가는 과정은 결국 관성적인 '나'로부터 벗어나는 여정이 아닐까. 나의 기억, 나를 중심으로 한 멀고 가까움, 내가 가진 것과 가지지 못한 것에 대한 자의식, 나의 도덕적 기준, 나의 판단……이것들을 내려놓기란 말처럼 쉬운 일은 아니다. 하지만 분명한 것은, 우리가 사랑하는 사람들과의 관계에서는 나를 내려놓아야만 하는 일들이 일어난다는 사실이다. 마치 나를 구성하는 관계가 동시에 나의 와해를 요구하는 것처럼. 나를 지금

의 나로 만든 사람들, 그래서 좋든 싫든 나의 일부
가 된 이들은 나를 무너뜨릴 수도 있다. 어떤 관계
들은 "나를 망가뜨릴 수 있는 문제"(12p)가 된다.
어쩌면 내가 무너질지도 모르는 위험을 감수하는
일—이것이 이해와 공감에, 그리고 애도에 필요한
일일 것이다. 소설이 진행되는 동안 화자가 여러
번 놀라고, 부끄러워하고, 자신의 판단을 번복하
고 후회하는 이유는, 그가 특별히 어리석은 사람
이기 때문은 아니다. 오히려 사라진 친구를 이해
하기 위해 자신이 변하는 것을 감내할 만큼 용감
한 사람이기 때문이다.

*

실로 석이를 찾는 여정에서, 또 삐썻을 만나 그
의 이야기를 들으면서 혜란과 '나'는 변화를 겪는
다. 혜란은 무난한 삶을 살기 위해 애써온 사람인
듯하다. "다들 하니까"(100p) 자기도 결혼을 하겠
다고 막연히 생각했듯이. 하지만 혜란은 그런 삶
이 행복하지는 않다고 고백한다. 오히려 석이를

찾는 여정에서, 보편적이라 여겨지는 삶의 궤도에서 조금 거리를 두자 혜란은 변화의 희망을 느낀다. "내가 조금씩 움직이는 것 같아서."(85p) 그전까지 어떤 한계 속에 갇혀 있었는데, 이제 그 바깥으로 나가본 것이다.

화자도 석이와의 관계를 돌아보면서, 자신이 뱉은 말들과 자신의 무심함을 아프게 후회한다. "내가 석이에게 한 말들이 나를 찌르기 시작했다."(84p) 세월호 참사와 이태원 참사, 그리고 세상에서 거듭 일어나는 참사로 괴로워하는 친구를 이해하려 하면, 결국 참사를 어떻게 기억하고 애도해야 하는지 다시 고민하게 된다.

소설은 이렇게 말하는 것 같다. "일어난 일"(61p)은 단순히 이미 일어난 일에 불과한 것이 아니다. 한편으로는 우리가 서로 '연루'되어 있기 때문에, 한편으로는 우리보다 훨씬 큰 무언가에 어떤 '빚'을 지고 있기 때문에. 우리는 태어나는 순간부터 누군가에게 의존하지 않고서는 살아갈 수 없다. 게다가 많은 동물 중에서도 인간은 특히 오랜 시간 타인의 보살핌을 필요로 하는 존재라고 하지 않는가. 물론 우리는 애초에 태어나기를 선택한 바 없고, 이 세상에서 인간으로 살기를 선택하지도 않았다. 살아 있기를 선택하기도 전에 이 세상에 살아 있게 되고, 연루되기를 선택하기도 전에 타인에게 연루되는 것이다. 나를 돌보는 타인들도 누군가에게 의존하며 살아왔고, 그들 또한 다른 누군가에게 의존하며 살아왔다. 이렇게 생각을 이어가다 보면, 내가 나보다 훨씬 큰 것에 의존하는 동시에 내맡겨져 있다는 감각으로 아연해진다. "영원"은 유한한 개인인 '나'를 아득히 넘어서는 무언가이다. 일반적으로 책임을 말할 때 우리는 한 사람의 행동이나 그가 진 빚에 대한 법적·경제적 책임을 묻지만, 영원에 진 빚이란 그런 개인적 책임을 훌쩍 넘어선 책임, 이 세상을 살아갔고 살아갈 이들에 대한 책임을 말하는 것 같다. 그것은 내가 선택하지 않은 것에 대한 책임이고, 이 세계에서의 살아감에 대한 책임이기도 할 것이다.

그렇지만 그 빚은 우리가 감당하기에는 너무 큰 것이 아닐까. 유한한 우리는 어떤 시공간에 속박되어 있고, 특정한 관점으로 세상을 볼 수밖에 없으며, 각자가 겪는 생활의 문제에 매여 있다. 내 한 몸 건사하기도 힘든데 어떻게 다른 이들을 염려하고, 심지어 이 세상에 책임감을 가질 수 있을까. 그 모든 연결 하나하나에 온 마음을 쏟으면 마음을 탕진하게 되지 않을까. 영원에 진 빚을 갚느라 파산하지 않으려면, 석이가 그랬던 것처럼, 결국 신에게 의탁할 수밖에 없는 것 아닐까? 아니면 화자가 그랬던 것처럼 "직접적으로 연루되어 있지 않은 일에는 쉽게 눈을 감아버리는 사람"(94p)이 되거나.

하지만 반대로 이렇게 생각해볼 수도 있다. 우리가 뭐든 감수할 수 있을 정도로 강하고 큰 존재라서가 아니라, 반대로 취약하기 때문에, 누구도 다른 이에게 의존하지 않고 살 수는 없기 때문에 그런 빚을 감당하는 것이라고. 따라서 빚을 감**당해야만 하는** 것이 아니라, 어떤 의미에서는 빚을 감당**할 수밖에** 없고, 또 빚을 짐으로써만 우리는 살아가게 된다고. 한 친구를 이해하는 과정이 나를 깨뜨리는 노력을 요한다면, 사랑하는 사람을 상실하는 경험은 우리를 속절없이 무너뜨린다. 사람들은 사랑하는 사람을 상실할 때 자신의 일부가 함께 사라진다고 느낀다. 그가 내 안에 들어와 운명을 함께하고 있었기 때문에, 나의 일부는 그에게서 빌린 것이었기 때문에. 만약 '연루'된다는 것이 그처럼 누군가를 내 안으로 받아들이고 그럼으로써 상실과 상처에 노출되는 일이라면, 연루됨은 세상을 살아가는 인간 존재의 조건이라고 할 수 있다.

참사는 이러한 조건, 즉 상실과 상처에 노출되어 있는 우리의 취약한 조건을 명백하게 드러낸다. 남겨진 사람들은 묻곤 한다. 왜 하필 나의 자식에게, 배우자에게, 내 친구에게 그런 일이 벌어져야 했는가. 여기에 대답할 방법은 없다. 참사의 인과관계를 밝히더라도, 하필 그 사람에게 그런 일이 벌어졌어야 하는 이유를 밝힐 수는 없다. 반대로 말해 누구에게나 닥칠 수 있는 일이었다는 것이다. 나에게, 혹은 내가 사랑하는 사람에게 벌어질 수도 있는 일이었다.

하지만 우리는 종종 우리의 일상을 유지하고 돌보느라 이러한 사실을 잊어버리거나 외면한다. 내

일이 되면 일터나 학교로, 자신의 자리로 돌아가 자신의 역할을 해야 하고, 그러다 보면 오래 슬픔에 잠겨 있을 수 없다. 상실로 생긴 커다란 빈틈을 어떻게든 메우거나 대체하고, 외면하거나 억압하여 "보편적인 삶"(121p)으로 돌아가야 하는 것이다. 하지만 그렇게 평온하고 슬픔 없는 일상이야말로 너무나 깨지기 쉬운 환상이 아닐까. 슬픔을 극복해야만 한다는 강박이 오히려 우리를 더 괴롭게 하지는 않는가.

　나는 엄마의 죽음을 통해 갈라지고 쪼개지고 으깨지고 녹아내렸다.
　상실은 극복되는 것이 아니다. 나는 수많은 상실을 겪은 채 슬퍼하는 사람으로 평생을 살아가게 될 거고 그것은 나와 관계 맺은 이들에게까지 이어질 것이다. 엄마를 잃음으로써 내가 상실을 겪었듯, 누군가도 나를 잃음으로써 상실을 겪을 것이고 우리 같은 사람들은 그 상실의 늪 속에서 깊은 슬픔과 처절한 슬픔, 가벼운 슬픔과 어찌할 수 없는 슬픔들에 둘러싸여 종국에는 축축한 비애에 목을 축이며 살아가게 되겠지.

"나는 슬픔을 믿을 거야."(113p)

상실은 극복할 수 있는 것이 아니고, 극복되어
야만 하는 것도 아니다. 상실의 경험은 우리를 영
영 변화시킨다. 그렇지만 이것은 단지 체념이나
무기력을 뜻하지 않는다. 화자가 슬픔을 믿는 이
유는, 슬픔이 단지 우리를 괴롭게만 하는 것은 아
니기 때문일 것이다. 오히려 슬픔은 '정상적'인 일
상이 보지 못하게 하는 무언가를 보게 해준다. 우
리가 서로 어떻게 연결되어 있는지, 어떻게 상실
에 노출되어 있는지, 그렇기에 얼마나 취약한 존
재인지를. 이 사실을 직시하고 받아들이면, 우리
가 참사를 기억하고 애도하는 방식도 달라질 수
있을 것이다. 적어도 나의 슬픔 없는 일상을 위해
누군가의 슬픔을 외면하지는 않게 될 것이다. 나
의 슬픔과 너의 슬픔 사이에 빗장을 걸지 않을 수
있을 것이다.

작가의 말

　이 소설을 쓸 때 즈음 저는 사랑하는 누군가를
떠나보내야 한다는 슬픔에 줄곧 젖어 있었습니다.
그런데 작가의 말을 쓰게 된 지금 저는 정말로 그
누군가를 떠나보내고야 말았고 그때와는 사뭇 다
른, 조금은 태연한 슬픔에 젖어 있습니다. 그래서
인지 그때부터 지금까지 제게 가장 중요한 화두
는 슬픔과 상실 그리고 기억에 관한 것입니다. 나
와 나 아닌 이들의 삶은 아주 복잡하고 교묘하게
얽혀 있고 그 얽힌 모양을 면밀히 바라볼 수 있으
려면 우리는 다름 아닌 서로의 슬픔에 의연해져야
하는 것이 아닌가 싶습니다. 틈틈이 슬퍼하고 그

슬픔을 평생 간직하겠다는 태도야말로 나 그리고 우리를 더 단단하게 하는 것이 아닐까 그런 생각이 듭니다.

사랑하는 사람을 떠나보낸 저는 지금 슬퍼하고 추억하며 비로소 온전함을 느끼는 사람이 되어버렸습니다. 빈자리를 곱씹으며 비로소 시절을 떠올리는 사람이 되어버렸습니다. 저는 슬픔 앞에 무력하지만 그만큼 단단해진 것도 같습니다. 그래서 저는 마음껏 슬퍼하고 그것을 내보이기로 했습니다. 『영원에 빛을 져서』는 실종된 친구를 찾아 떠난 사람들의 이야기입니다. 사라진 사람의 흔적을 떠나 비로소 서로가 서로에게 연루된 존재임을 알게 되는 이야기이죠. 연루되는 일은 불가항력이지만 연루된 모든 존재를 놓치지 않고 톺아보는 일은 우리에게 주어진 일이라고 생각합니다.

잠시 잠깐이라도 죽은 사람을 애도하는 일을 계속해서 해나가 주셨으면 좋겠습니다. 차창 너머 말간 하늘을 바라볼 때, 새가 아주 높이 날고 있을 때, 앞으로는 강건한 사람이 될 것이라는 다짐을 할 때…… 저는 마음속으로 죽은 사람을 호명합니다. 그래야 산 사람도 살고 죽은 사람도 산다고 믿습니다. 하지만 시간이 지날수록 기억은 점점 더 희미해지겠죠. 그래도 끝끝내 붙잡고 있어보려고 합니다. 그 정도는 할 수 있다고 생각합니다.

곰곰 생각해보면 슬픔은 정말 제 동반자 같기도 합니다. 제 일상에 집요하게 스며들어 삶의 의지를 미약하게나마 북돋아주기도 하고 정말 아무것도 할 수 없을 때 거하게 저를 한번 울려버린 뒤 다시 일상을 시작할 수 있는 단초를 마련해주기도 하니까요. 그것이 삶이라고 한다면 사는 동안 저는 정말 빚진 것이 많습니다. 저를 가끔 기쁘게 하고 많이 울게 한 모든 것에 말입니다. 그 모든 것들에게 고맙습니다.

2025년 1월
예소연

영원에 빚을 져서

지은이 예소연
펴낸이 김영정

초판 1쇄 펴낸날 2025년 1월 25일
초판 2쇄 펴낸날 2025년 3월 21일

펴낸곳 (주) 현대문학
등록번호 제1-452호
주소 06532 서울시 서초구 신반포로 321(잠원동, 미래엔)
전화 02-2017-0280
팩스 02-516-5433
홈페이지 www.hdmh.co.kr

ISBN 979-11-6790-293-1 04810
       978-89-7275-889-1 (세트)

* 책값은 뒤표지에 있습니다.

현대문학 핀 시리즈 소설선 ────────